庫

お髷番承り候八

騒《そう》擾《じょう》の発《はつ》

上田秀人

徳間書店

目次

主な登場人物

深室賢治郎《みむろけんじろう》 お小納戸月代御髪係、通称・お髷番。風心流小太刀の使い手。かつては三代将軍家光の嫡男竹千代（家綱の幼名）のお花畑番。

三弥《みや》 深室家の一人娘。賢治郎の許婚。

深室作右衛門《みむろさくえもん》 深室家当主。留守居番。賢治郎の義父。

徳川家綱《とくがわいえつな》 徳川幕府第四代将軍。賢治郎に絶対的信頼を寄せ、お髷番に抜擢。

浅宮顕子《あさのみやあきこ》 伏見宮第十代当主・貞清親王の娘で、家綱の御台所。

順性院《じゅんしょういん》 家光の三男・綱重の生母。落飾したが依然、大奥に影響力を持つ。

山本兵庫《やまもとひょうご》 順性院の用人。

新見備中守正信《にいみびっちゅうのかみまさのぶ》 甲府徳川家の家老。綱重を補佐する。

桂昌院《けいしょういん》 家光の四男・綱吉の生母。順性院と同様、大奥に影響力を持つ。

牧野成貞《まきのなりさだ》 館林徳川家で綱吉の側役として仕える。

徳川頼宣《とくがわよりのぶ》 紀州藩主。謀叛の嫌疑で十年間、帰国禁止に処されていた。

三浦長門守為時《みうらながとのかみためとき》 紀州徳川家の家老。頼宣の懐刀として暗躍。

阿部豊後守忠秋《あべぶんごのかみただあき》 老中。かつて家光の寵臣として仕えた。

堀田備中守正俊《ほったびっちゅうのかみまさとし》 奏者番。上野国安中藩二万石の大名。

第一章　懐妊の波

一

御用部屋は騒然としていた。

老中の執務部屋でもある上の御用部屋は、普段私語さえかわされないほど厳粛であった。老中たちの話は、すべて政《まつりごと》に直結する。それを聞く耳がある御用部屋で、話などできようはずもなかった。

その御用部屋が、浮ついていた。

「豊後守《ぶんごのかみ》どの、まちがいござらぬか」

一人どっしりと構えている阿部《あべ》豊後守へ、老中《ろうじゅう》稲葉《いなば》美濃守《みののかみ》正則《まさのり》が近づいてきた。

「まちがいないかどうかなど、医師ではない儂《わし》にわかるか。上様《うえさま》よりお話もなければ、御台所《みだいどころ》さまへのお目通りもかなっておらぬ」

阿部豊後守が首を振った。

「医師より発表があったのでござろう」

咎《とが》めるような声で、稲葉美濃守が迫った。

「あったな」

あっさりと阿部豊後守が認めた。

「ならば、これでお世継ぎさまが……」

勢いこんだ稲葉美濃守へ、阿部豊後守が冷たい目を向けた。

「まだお生まれではない」

「…………」

稲葉美濃守が黙った。

「無事にお生まれになって……いや、それだけではない。和子《わこ》さまとわかって初めてお世継ぎさま誕生となるのだ」

「たしかに、そうではござろうが」

厳しく言われた稲葉美濃守が不満そうな顔をした。

「大奥は豊後守どののご範疇《はんちゅう》でござろう。詳細をご存じのはず」

稲葉美濃守が言い返した。

大奥は留守居《るすい》の担当であった。旗本の上がり役といわれる留守居は老中支配で、その字のとおり、将軍の留守を預かる。だが、そうそう将軍が江戸城を出ることもなく、普段は諸門の警備と大奥の実務を預かる御広敷《おひろしき》を支配していた。

その留守居を配下にしているのが阿部豊後守であった。家綱《いえつな》の傅育《ふいく》を三代将軍家光《いえみつ》から託された阿部豊後守は、西の丸大奥支配を兼ねていた。いわば、家綱の父代わりとして、起きてから寝るまで起居を共にしたのである。家綱が四代将軍となって、本丸へ移ったあと、さすがに本丸大奥支配をするわけにはいかず、代わって留守居を配下につけられた。

これは、先代からの遺臣を煙《けむ》たく思っている稲葉美濃守ら当代の老中にとって、ありがたいことであった。留守居の力は大きい。とはいえ、将軍が留守にしない限り、使えない権なのだ。そのくせ、旗本の出世頭《がしら》として矜持《きょうじ》も高く、なかなか言うことをきかず、使いにくい。また大奥は政への影響を持つが、その力を表だって振るうことはできない。留守居も大奥も手にしたところで、大きな力とはならず、かえって面倒ごとが増えるだけなのだ。老中たちは先代からの功臣阿部豊後守を将軍の私《わたくし》を担当とすることで、政から遠ざけた。

「留守居から、正式な報告は来ておらぬ」

阿部豊後守が首を振った。

「口さがない端役《はやく》の者なればいざしらず、執政ともあろうものが、確定していない話に浮ついてどうするというのだ」

落ち着けと阿部豊後守が叱《しか》った。

「豊後守どのは、めでたいとお思いではないのか。御台所さまのご懐妊でございますぞ。これは上様のお血筋が続くという慶賀でございましょう」

逆に稲葉美濃守がたしなめた。

「喜ばしいことではある。だが、我らが騒いでどうにかなるのか。美濃守が浮つけば、御台所さまは安産なさるのか、土屋但馬守が喜べば、若君がお生まれになるのか」

「……それは」

「我らは、上様より天下の政をお任せいただいている身。我らが手を止めれば、それだけ天下の動きも止まる。それによって被害が出てしまえば、上様のご信頼を裏切ることとなる。それくらいわかっているはずだ」

「………」

厳しく言われた稲葉美濃守がふたたび沈黙した。

「我らは、今、なさねばならぬことをするのみ。御用部屋は天下万一のさいにも冷静でなければならぬのだ。老中が浮かれれば、下も倣《なら》う。これがどれだけ悪影響を政に及ぼすか。わからぬというのならば、ただちに辞し、屋敷に戻られよ。そのあとならば、舞い踊ろうが、祝い酒に溺《おぼ》れようが、おぬしの勝手じゃ」

断じて、阿部豊後守は稲葉美濃守から目を書付へと戻した。

「……ご無礼をいたした」

苦虫を嚙《か》みつぶしたような顔をしながら、稲葉美濃守が自席へと戻っていった。

「うまくいっているようだな」

書付を読みながら、阿部豊後守がほくそ笑んだ。

小納戸《こなんど》月代御髪係《さかやきおぐしがかり》は、将軍の身だしなみを担当する。月代を剃《そ》り、髭《ひげ》をあたり、髷《まげ》を結う。将軍の背後に剃刀《かみそり》や鋏《はさみ》といった刃物を携えて回ることができるだけに、絶対の信頼を預けられている。

月代御髪役深室賢治郎《みむろけんじろう》は、将軍家綱の幼なじみとして、この任に抜擢《ばってき》された。

将軍の幼なじみとして選ばれるお花畑番は、将軍世子の側《そば》に居ておかしくないだけの家柄、寄合《よりあい》旗本でおおむね三千石《こく》以上の名門旗本の息子から出された。四、五歳のころから出仕し、起居をともにした。

深室賢治郎ももとは三千石松平《まつだいら》家の三男であった。家柄もよく、家綱の二歳下というのもあり、賢治郎もお花畑番に選ばれた。このままお花畑番、小姓《こしょう》番へと順調に出世していくはずだった賢治郎の人生は、父多門《たもん》の死によって狂った。

不仲だった兄主馬《しゅま》が、家を継いだとたん、賢治郎はお花畑番を辞させられ、はるかに格下の深室家へ婿養子として出されたのであった。

もっともそれが幸いした。将軍の身の回りを世話する小納戸役の格は低い。三千石では、決して任じられるものではなかった。

家綱は幼なじみとして一緒に過ごした賢治郎を、唯一信用できる寵臣《ちょうしん》として側に置いておけるようにと、月代御髪役に就けた。

こうして十年をこえるときをかけて、主従はふたたびともに在《あ》った。

「ご無礼つかまつりまする」

「うむ」

深室賢治郎は、四代将軍家綱の許しを得て、背後に回った。

「………」

己の吐く息が家綱にかからぬよう、木綿の白布を口にあてて、賢治郎はまず鋏を持った。

月代を剃るには、手順があった。まず、髷を縛っていた元結《もとゆ》いを切る。前夜、入浴の際、鬢付《びんつ》け油《あぶら》などを洗い落としていた家綱の髪はあっさりと広がった。そのあと、絹を清浄な水に浸し、家綱の月代を湿らせる。そのあと剃刀をあてて、月代を剃る。といっても、毎日月代をそっているだけに、ほとんど触《さわ》るだけで終わる。続いて黄楊《つげ》の櫛《くし》で髪の毛を梳《す》く。黄楊の櫛は油を含んでいるため、髪にとおすだけで艶《つや》を出す。そのとき、決められた長さに髪を鋏でそろえ、最後に髷を整え、元結いでくくる。

毎日やっていると月代など剃るほどもなく、髪の毛もそうそう伸びない。すべてをおこなっても小半刻《こはんとき》（約三十分）もかからなかった。

「終わりましてございまする」

二歩下がって、賢治郎は平伏した。

「元結いきつくございませんでしょうか」

「うむ、ちょうどよい」

家綱が首肯《しゅこう》した。

「畏《おそ》れ入《い》りまする」

「賢治郎、訊《き》きたいことがあるのだろう」

ふたたび一礼した賢治郎へ、家綱が言った。

「よろしゅうございましょうや」

「許すと申した。そなたと躬《み》のなかで遠慮は無用である」

家綱の機嫌《きげん》が少し悪くなった。

「申しわけございませぬ」

賢治郎は詫《わ》びた。

将軍家居室である御座の間には、家綱と賢治郎しかいなかった。これは、江戸城から出られず、何一つ世間を知ることのできない家綱の耳目《じもく》として賢治郎を使うためである。寵臣賢治郎を経て得た情報を邪魔《じゃま》されずに報告させるため、家綱は髷を整える間、他人《ひと》払いしていた。

「お伺いいたしまする。御台所さまご懐妊のお話……」

「それか」

嫌そうな顔を家綱がした。

「昨日から、その話ばかりだ」

家綱が嘆息した。

「…………」

賢治郎はなにも言えなかった。

「めでたい話には違いないが……あらためて知らされたわ。躬に求められているものがなにかをな」

頰《ほお》を家綱がおおきくゆがめた。

「血筋を残すだけが、躬の仕事だとな」

「上様……」

賢治郎は家綱を傷ましいと思った。

「小姓、小納戸はおろか、老中、ほか目通りを求めて参った者すべてが、口を開くとめでたいと言いおる。のう、賢治郎知っておるか、昨日のうちに祝意を表するための登城を求めてきた大名の数を」

役職についていない大名には、登城について厳密な縛りがあった。朔日《ついたち》、晦日《みそか》など月次《つきなみ》として定められた日時以外の登城は禁じられていた。決まりを無視しての勝手登城は厳罰をもって戒められ、月次以外の登城には、幕閣の許しが要《い》った。

「いいえ」

御台所懐妊の噂《うわさ》が飛んだのは昨日昼過ぎ、賢治郎は月代御髪の任を終え、下城した後であった。

「わたくしが聞きましたのは、屋敷に帰ってきた義父《ちち》からでございました」

賢治郎の義父、深室作右衛門《さくえもん》は大奥を差配する留守居の配下留守居番として、御広敷の警固をしている。大奥の事務を担う御広敷に詰めているのだ。大奥のなかのことを知るのは早い。

「聞いたか、御台所さまご懐妊だそうじゃ」

日頃顔を出さない賢治郎の部屋へ、帰宅するなり衣服もあらためずに来た作右衛門が大声で教えた。

「それは、おめでたいことでございまする」

「上様よりお報《しら》せをいただいておらぬのか」

賢治郎の反応に、作右衛門が首をかしげた。

「存じ上げませぬ」

「そなた上様のお側にいながら……」

話を聞いて首をふった賢治郎に、作右衛門はあきれたほどであった。

「なるほどな。たしかに、話が出たのは昼を回っていた」

賢治郎から経緯《いきさつ》を知らされた家綱が納得した。

「話を戻す。目通りを願ってきた大名は百二十をこえる」

「百二十……」

賢治郎は絶句した。

「これは昨日だけだ。今日にはすべての大名たちが願い出てくるだろうな。参勤で国元へ戻った大名どもも代理を立ててこよう」

「三百諸侯すべて。それは当然でございましょうが」

将軍家に吉兆があったとき、相応の挨拶《あいさつ》をするのは大名の義務であった。いや、別にしなくとも表だって咎め立てられないが、ちゃんと義理を果たしている者と無視をきめこんだ者では扱いに違いが出て当然である。

幕府の嫌がらせは、当然義理を欠いた者に向かう。

大名への嫌がらせでもっとも大きなものは改易である。続いて減封、僻地《へきち》への転封、そしてお手伝い普請である。お手伝い普請とは、幕府のするべき工事を大名に押しつけることで、それにかかわる費用、人手すべてを負担しなければならなくなる。数万両かかる普請を押しつけられて、平然としていられる大名などない。参勤交代や物価上昇などで手元不如意な大名にとって、一度に大金を費やすお手伝い普請は痛い。

御台所懐妊の噂を聞いて大名たちが素早く反応したのも、生き残りのためのものであり、心から喜んでのものでは、まずなかった。

「なにか、やっと躬を主君と認めたようで、おもしろくはない」

家綱が吐き捨てた。

「そのようなことはございませぬ」

「ふん」

否定する賢治郎を家綱が笑った。

「天下の武士を統《す》べる将軍。はたして真《まこと》なのか」

「…………」

「躬が号令をかければ、全国の侍《さむらい》は集まるのか」

「もちろんでございまする」

賢治郎は間《ま》を空《あ》けず、うなずいた。

「躬が館林《たてばやし》と甲府《こうふ》を討つと宣して、兵を集めてもだな」

「……それは」

振り返りもせず述べた家綱に、賢治郎は詰まった。

「であろう。躬の号令など、誰《だれ》も聞かぬ」

なげいた家綱の身体《からだ》が固くなった。

「しかし……」

「わかっておる。躬のいうことが無謀だというくらいはな」

家綱の肩から力が抜けた。

「すまぬ。そなたにあたってしまったな」

「いえ」

　賢治郎は首を振った。

「ところで、御台所さまのご体調は」

　質問を賢治郎は繰り返した。

「わからぬ」

「えっ」

　思わぬ答えに、賢治郎は間の抜けた声を出した。

「大奥は躬の手のなかではない。大奥では将軍といえども客でしかない。客は主人の許しなく、入ることさえできないのだ。昨夜は大奥入りを断られた。朝、御台所へ出した使者は、返事をもらえずに戻ってきた。大奥は躬のものではないとあらためて知らされたわ」

　家綱が苦笑した。

「では、ご懐妊は……」

「躬も直接は確認していない」

「そんなことが……」

賢治郎は驚いた。

「さきほど、阿部豊後守に来るよう命じた」

「では、急ぎ片づけませぬと」

あわてて賢治郎は、道具をしまい始めた。

「よろしゅうございましょうか」

後始末を終えた賢治郎が、家綱に問うた。

「うむ。ご苦労であった」

二人だけのときを終わる了承を家綱が出した。

「終わりましてございまする」

賢治郎は御座の間を出て、外で待っている小姓組頭へ報告した。

「上様のご機嫌は」

「いつもどおりでございまする」

確認する小姓組頭へ、賢治郎は首を縦に振った。

「ご苦労であった。一同、配置に戻れ」

小姓組頭が待機していた小姓、小納戸に指示した。

「わたくしはこれで」

賢治郎は御座の間を離れた。

二

本来、小納戸は三交代で勤務する。朝から夕方の当番、朝から翌朝までの宿直《とのい》番、一日休みの非番である。

しかし、家綱の希望で、月代御髪として交代のいない一人勤めとなった賢治郎には、休みがない。代わりに、役目を終えればいつ下城してもよいとの特権が与えられた。

「賢治郎」

御座の間の先、入り側廊下を右へ曲がったところで、賢治郎は呼び止められた。

「豊後守さま」

賢治郎の前に、阿部豊後守が立っていた。

「上様がお待ちでございまする」

すっと脇《わき》へ寄って賢治郎は頭を下げた。

「よい。少し話をしよう」

阿部豊後守が、顎《あご》で入り側の隅を示した。

「よろしいのですか」

さすがに将軍を待たせるのはどうかと、賢治郎は危惧《きぐ》を表した。

「かまわぬ。そなたを放し飼いにしておくほうがよくない」

阿部豊後守が賢治郎を見た。

「はあ……ですが、上様を……」

「文句を言わずについてこい」

渋る賢治郎に、阿部豊後守が強く言った。

「さて、賢治郎のことだ。御台所さまのご懐妊について、上様へお伺いいたしたであろう」

いきなり阿部豊後守が指摘した。

「はい」

賢治郎はすなおにうなずいた。

「まったく、直情にもほどがある。もう少し準備するまで待てぬのか。いや、上様からお話をいただくまで我慢せい」

阿部豊後守が賢治郎を叱った。

「ではございますが……」

「これほどの慶事だと言いたいのだろう」

賢治郎の言葉の先を阿部豊後守が読んだ。

「はあ」

「昨日の今日だ。上様が実情の報告をお受けになられるまで、一日やそこらはかかる。それくらいはわかるだろう」

阿部豊後守が諭《さと》した。

幕府は天下の政を朝廷から委託された行政の府である。しかし、そのじつは、徳川家の家政をそのまま大きくしただけでしかなかった。

そう、幕府と徳川家は一体であった。

これが普通の家ならば、上からすべての命《めい》が出て、情報はただちに主《あるじ》に集束する。だが、天下の政も担当する徳川家となれば、将軍一人ではとてもまわらない。どこの年貢をどうするかなどの細かいことまで将軍の指示がなければ決められないようならば、身動きがとれなくなる。些細《ささい》なことは、担当の役人の段階で決済できるようにしてあるのだ。と同時に、あがってくる話も同じであった。なにからなにまで将軍へあげては、処理できなくなる。そこで、すべての情報はいろいろな段階をつうじて絞られ、本当に報《しら》せたいことだけが、家綱のもとへ届けられるようになっていた。

御台所懐妊もその一つとして、奥医師から大奥、御広敷、留守居を経て、阿部豊後守のもとへ報され、そして家綱へと至る道筋を通っていた。

「申しわけございませぬ」

行動の性急さを、賢治郎は反省した。

「ところで、御台所さまのご懐妊は」

賢治郎は続けて尋ねた。

「わからぬ」

「…………」

あっさりと言った阿部豊後守に、賢治郎は絶句した。

「大奥は阿部豊後守さまの」

「たしかに、儂が委細を預かっておるがな」

食いついてくる賢治郎に、阿部豊後守が認めた。

「知ってのとおり、上様のお許しなくては、大奥に儂は入れぬ」

「はい」

「直接見てもいないものを、断言するほど儂は愚かではない。奥医師の報告も直接ではない」

阿部豊後守が続けた。

「なにより、女のことなどわかろうはずはない」

「……阿部豊後守さまにもおわかりにならないことが」

阿部豊後守は、三代将軍家光のころより、老中として天下の政を任され、同僚で知恵伊豆《いず》と呼ばれた松平伊豆守信綱《のぶつな》におとらぬ能吏《のうり》として知られていた。

「わからぬことだらけよ」

じっと阿部豊後守が賢治郎を見つめた。

「とくに、女はわからぬ。そなたは、深室の娘がなにを考えているか理解しているのか」

「いいえ」

「であろう。儂もそうだ。妻にしても、側室どもにしても、何度も身体を重ね、情を育《はぐく》んできたつもりだが、いまだになにを考えているかわからぬ」

阿部豊後守が賢治郎の否定に同意した。

「そういえば、そなたは深室の娘と同衾《どうきん》したのか」

「いえ、未《いま》だ」

賢治郎が頬を染めた。

「まだとはの。では、女を知っているか」

「それも……」

「……そなた、本当に男か」

阿部豊後守がため息をついた。

「では、わかるまいが、抱きながら目を合わせても、女の瞳に浮かんでいる色は、読めぬ。果たして儂のことを好いているやら、仕事と割り切って抱かれているか、それさえもわからぬ」

大きく阿部豊後守が首を振った。

「女には注意しろよ。それが、たとえ妻でもな。寝首をかかれるぞ」

「はあ……」

曖昧《あいまい》な返答を賢治郎は返すしかなかった。

「おっと、要らぬことを言いすぎたの。これ以上、上様をお待たせするわけにはいかぬ」

思い出したように阿部豊後守が背を向けた。

「……賢治郎」

少し歩いたところで、阿部豊後守が立ち止まった。

「今は、動くな。よいな」

低い声で阿部豊後守が釘《くぎ》を刺した。


「豊後守、遅かったの」

御座の間の家綱の機嫌は悪くなっていた。

将軍とはいえ、執政には気を遣《つか》うのが慣例であった。まず、呼んだことへのねぎらいを口にし、そのあとに用件を告げる。気に入らない場合は、将軍直接ではなく、小姓組頭などを使って、不満の意を伝える。それを家綱は破った。

「失礼をいたしました。少し、意見しておかねばならぬ者がおりましたので」

「……賢治郎か」

家綱は阿部豊後守の言うたしなめねばならない者が誰か気づいた。

「上様、ご用件をお聞かせいただきたく」

阿部豊後守がうながした。

「顕子《あきこ》のことだ」

家綱の妻御台所は伏見宮《ふしみのみや》の娘で、名を顕子と称した。

「御台所さまがどうかなさいましたか」

「とぼけるな。顕子が懐妊したとの話、そなたが知らぬはずなかろう」

家綱が怒った。

「噂なら存じておりますが」

「事実かどうかを、躬は訊いておる」

「確認できておりませぬ」

「医師を呼べ」

「昨日の担当ならば、本日は非番でございまする」

阿部豊後守がいないと告げた。

「呼び出せ」

いらつきを隠そうともせず、家綱が命じた。

「上様」

厳しい声を阿部豊後守が出した。

「なんじゃ」

家綱がにらみ返した。

「一同、遠慮せい」

阿部豊後守が他人払いをした。

「…………」

顔色を窺《うかが》う小姓組頭に、家綱が無言でうなずいた。許可を得て、小姓、小納戸たちが御座の間を出て行った。

「これでよかろう。申せ」

家綱が急《せ》かした。

「御台所さまとお話を」

「しておらぬ。というより、拒まれた」

問う阿部豊後守へ、家綱が小さく首を振った。

「おわかりになりませぬか」

「なにをだ」

家綱が険《けわ》しい声をあげた。

「御台所さまが上様のお問い合わせにお答えにならなかった。そこにあるものにお気づきになられませぬか」

「答えぬ理由だと」

言われた家綱の勢いが弱くなった。

「さよう。御台所さまが、上様に応じられない。その裏には、かならず理由がござる」

「……………」

阿部豊後守の言葉に、家綱が黙った。

「上様と御台所さまのお仲は、よろしゅうございましょう」

「悪くはなかろう。すくなくとも、父よりはな」

家綱の父家光と御台所鷹司孝子《たかつかさたかこ》の間は最悪であった。理由はわからないが、一方的に家光が孝子を嫌い、閨《ねや》を共にするどころか、大奥から放逐《ほうちく》、中の丸で監禁同様の扱いをした。さすがに、五摂家《ごせっけ》鷹司家の娘を離縁にはしなかったが、生涯家光は孝子のもとを訪れることはなかった。

「最後に御台所さまのもとをご訪問なさったのは、いつでございました」

「御台所のところならば、三日前だの」

「そのおり御台所さまはなにも仰《おお》せではございませんでしたか」

「ああ。いつもと変わりなかった。少し酒を酌《く》み交《か》わし、そのあと同衾いたしたが、とくに躬を拒むような感じもなかった」

思い出すように家綱が語った。

「ふむ。ということは、三日前にはわからなかったと」

家綱が思い当たった。

「おそらくは。女というものは、己の身体の不調をすぐに知ると言いまする。そして、子供を宿した女は、閨ごとを避けるとも」

阿部豊後守が述べた。

「なるほどの」

「おわかりいただけましたか」

「ああ。御台所は三日前の閨ごとの影響がどう出るかを待っていると」

「はい。懐妊してからの閨ごとは、子を流しかねませぬ」

「顕子は躬に落胆を味わわせまいと、確定するまで秘するつもりだというのだな」

「おそらく」

家綱の推測を阿部豊後守が追認した。

「わかった。顕子の心中を思えば、躬の焦《あせ》りなどものの数ではない。しばし、大奥へかようのは控えよう」

「御台所さま以外の側室方のもとへはおかよいいただいても」

「止《や》めておこう。大奥に入れば、御台所のもとへ行きたくなる」

家綱が首を振った。

「お心遣い、豊後守感銘いたしましてございまする。では、わたくしめは、これで」

「ご苦労であった」

主君のねぎらいを背に、阿部豊後守が御座の間を出た。

「上様の説得は終わった。真実が見えぬ状況はこれでできた。さて、誰が辛抱《しんぼう》できずに動くかの」

小さく阿部豊後守が、口の端をゆがめた。

三

御台所浅宮《あさのみや》顕子懐妊の噂は、あっという間に江戸城下に広まった。

三代将軍家光の側室として三男綱重《つなしげ》を産んだ順性院《じゅんしょういん》が顔色を変えた。

「まことか、それは」

「城中は、その話で持ちきりでございまする」

話を持ってきた順性院付き用人《ようにん》山本兵庫《やまもとひょうご》が答えた。

「なんということよ。これで宰相さまの優勢が崩れたではないか」

美しい順性院の表情が醜くゆがんだ。

宰相とは甲府藩主徳川綱重のことである。家綱が四代将軍となった後、甲府二十五万石を与えられて別家した。家綱より三歳歳下《としした》だが、早くから女色に目覚め、すでに子供を産ませていた。

子供のいない家綱と違い、血筋を後世に残すという功績をたてたことで、五代将軍候補として有利に立っていた。

それが、家綱の御台所顕子の妊娠で崩れた。

「大奥からなんの報告もなかったぞ」

順性院は納得していなかった。

吾《わ》が子綱吉《つなよし》について神田館へ移った桂昌院《けいしょういん》と違い、不便な桜田御用屋敷に残った順性院の目的は大奥との繋《つな》ぎを維持するためであった。

桜田御用屋敷は、死した将軍の側室の住まいであるだけでなく、歳老いて隠居した大奥女中の隠居所や病《やまい》を得た女中たちの療養所でもある。当然、大奥とのつながりは強い。

順性院は、桜田御用屋敷から大奥へ手を伸ばし、綱重の五代将軍就任の手助けをしていた。

「こたびのお相手は、御台所さまでございますれば」

「……くっ。大奥の主は御台所……」

山本兵庫の言葉に、順性院が唇を噛んだ。

「わたくしでは及ばぬか」

「…………」

悔しそうな順性院に山本兵庫は口出しをしなかった。

「兵庫」

順性院が、山本兵庫へ目を移した。

「なんとかしてくれぬか。難しいであろうが、宰相さまのために。いいや、妾《わらわ》のため。もちろん、褒賞は取らそう。禄《ろく》などは宰相さまより十分にしていただくとして……。妾からは、不足であろうが、やれるものはこの身しかないゆえ、受け取ってくりゃれ」

それだけ言って順性院がうつむいた。

「お方《かた》さま」

山本兵庫が感極まった表情を浮かべた。

「……頼む」

「おまかせくださいませ。この命に代えても、御台所の腹にいる子を亡き者としてみせましょう」

膝《ひざ》で縋《すが》り付いてきた順性院を山本兵庫が抱きしめた。

十分に順性院の香りを身に移した山本兵庫は、桜田御用屋敷から、江戸城大手門へと向かった。

「そろそろ深室が出てくるはずだ」

大手門の見渡せるところで、山本兵庫が身を潜《ひそ》めた。

「まずは、御台所の懐妊がまことかどうかを調べねばならぬ。家綱の寵臣として側近くにいる深室ならば、知っているはず」

山本兵庫は賢治郎を待ち伏せた。

月代御髪係を終えた賢治郎は家綱の許しがあるとはいえ、さっさと下城するわけにはいかなかった。もっとも新参である賢治郎には、小納戸の控え室である下部屋での雑用が課されているからである。

「炭は補充したか」

「ただちに」

「茶釜《ちゃがま》の水がなくなりつつあるぞ」

「急ぎ」

先達《せんだつ》の指示で、城内をかけずり回った賢治郎が下城できたのは、昼ごろであった。

「……やっとか」

すぐに山本兵庫が賢治郎を見つけた。

「一人……」

下城時刻が一定しないこと、家綱から密命を受けて出歩く機会が多いこと、この二点から、賢治郎は家臣の出迎えを断っていた。

「つごうがよいな」

小さく笑って、山本兵庫が賢治郎の後をつけた。

江戸城の顔である大手門とはいえ、諸侯、諸役人の登下城が終われば、人通りは少なくなる。もちろん、見える範囲で何かあれば、大手門の警衛を任とする書院番同心、甲賀与力《こうがよりき》が駆けつけてくる。

山本兵庫は、大手門をかなり離れるまで待った。

「……つけられている」

大手門を出て一丁（約百十メートル）もしないうちに、賢治郎は山本兵庫の気配を感じた。

「早速か」

賢治郎は後をつけてきている者の目的を理解していた。

「豊後守さまより、おとなしくしておれと命じられたが、向こうから来るぶんにはいたしかたあるまい」

呟《つぶや》きながら、賢治郎は太刀《たち》の鯉口《こいぐち》を緩《ゆる》めた。屈《かが》んだとき、刀が抜け落ちないようにするのが鯉口である。しっかりと鞘《さや》と太刀を合わせているため、これを緩めないと抜けなかった。

「気づかれたな」

かすかな動きとはいえ、太刀の鯉口を緩める所作《しょさ》は歩く姿に違和を生み出す。山本兵庫は見逃さなかった。

「やる気か。ならば、人気《ひとけ》のないところへ誘いこむはずだ」

山本兵庫の予想どおり、賢治郎が辻《つじ》を曲がった。

「ありがたい。自ら罠《わな》にはまるようなまねをしてくれるとはな」

喜んだ山本兵庫が足を速め、距離を詰めた。

「率爾《そつじ》ながら、お伺いしたい」

近づいて来た気配から、賢治郎に声がかかった。

「拙者《せっしゃ》か」

賢治郎は振り向いた。

「御台所さまご懐妊は事実か」

直截《ちょくせつ》に山本兵庫が訊いた。

「いきなり問うてきた。ということは、拙者のことを知っているのだな。だが、拙者はおぬしを知らぬ。おぬしは何者だ。御台所さまにかかわる話をできる相手か」

「拙者のことなど、どうでもいい。事実かどうかだけを言え」

山本兵庫が答えを拒み、迫ってきた。

「正体もわからぬ者に話など、できるか。目付《めつけ》を呼ぶ。そこを動くな」

腰を落として、賢治郎は山本兵庫をにらんだ。

「素直に教えれば、怪我《けが》せずにすんだものを」

あっさりと山本兵庫が、太刀を抜いた。

「手足を失う前に話をしたほうが賢明だぞ」

自信ありげな笑みを、山本兵庫が浮かべた。

「どちらが命乞いをすることになるか、やらずばわかるまい。倒した後で、きさまから、後ろにいる者のこと聞き出してくれるわ」

賢治郎は、山本兵庫を捕まえる気でいた。

「参るぞ」

山本兵庫が太刀を上段に構えた。

「……来い」

遅れじと賢治郎も太刀を抜き、青眼《せいがん》に取った。

「やああ」

上段の太刀を揺らして、山本兵庫が威圧してきた。

「おうっ」

受けた賢治郎が気合いを返した。

上段の構えは、威の位とも言われている。相手を上から押さえこむようにして、一撃で勝負を決める。頭上から迫る白刃に気を呑《の》まれれば、身体がすくみ、両断されてしまうことになる。それを防ぐために、賢治郎は一層の気合いを入れた。

「…………」

前に出しかけた足を山本兵庫が引いた。

「やっ」

今度は賢治郎が動いた。

「おうやあ」

山本兵庫が応じた。

「思ったよりできるな、おまえ」

山本兵庫が感心した。

「…………」

賢治郎は沈黙を守った。

言葉を発するには、息を吐かなければならない。そして、息を吐けば、吸わなければならない。人は息を吸うことで生きているからである。

相手が息を吐き吸おうとした瞬間、圧力をかける。当然、かけられたならば応じなければならない。圧力はすなわち、攻撃の前兆だからである。

応じず、そのまま息を吸うと身体の筋肉がゆるむ。筋肉がゆるめば、太刀に力は乗らない。相手の一撃を受けきれなくなる。となれば、息を吸うのを止めても、身体に力を入れなければ負けてしまう。

吸いかけたところで、攻撃をかける。これを続けられては、息があがってしまい、戦うどころではなくなる。

つまり、相手の呼吸を阻害すれば勝てる。もちろん、腕の立たない者に、そのような高度な技は使えないが、あるていどの高みにある者にとって、さして難しいことではなかった。

賢治郎はこれを嫌った。

「実戦慣れもしているようだ。どうだ、将軍を見限って、我らと組まぬか」

山本兵庫が誘った。

「婿養子という立場など捨てて、こちらにこい。千石でどうだ」

誘いも戦いの技の一つだ。少しでも相手の心に波をたてられれば、勝機につながる。

「……………」

賢治郎は無視した。

「……ふん」

反応の薄い賢治郎に、山本兵庫が鼻を鳴らした。

「では、力ずくだな」

山本兵庫が、するすると間合いを詰めてきた。

「……くっ」

見事な足運びに、賢治郎は対応できなかった。

三間《げん》（約五・四メートル）あった二人の間合いは、あっという間に二間（約三・六メートル）をきった。

二間の間合いはすでに一足一刀をこえていた。

一足一刀とは、どちらかが一歩踏みだし、太刀を振るえば相手に届く間合いをいう。

一瞬の油断が生死をわける距離であった。

「最後だ。言え」

鋭い声で、山本兵庫が促《うなが》した。

「なめるな」

賢治郎が拒否した。

「ならば、右手をもらおう」

山本兵庫が、太刀を振り落とした。

「……やられるか」

半歩左へ動いて、賢治郎は一撃を避《よ》け、そのまま青眼の太刀を薙《な》いだ。上段の撃は、太刀の重さも乗るため、その勢いは増す。うかつに太刀で受ければ、折れることもある。その代わり、切っ先が遠くにあるため、少しだけ余裕ができる。賢治郎は、刹那《せつな》に近い間を利用して、反撃に移った。

「甘いわ」

賢治郎の薙ぎを、山本兵庫は後ろへ跳んでさけた。

「もらった」

引いた足を蹴《け》った山本兵庫が、かわされて下へ降りた太刀をはね上げてきた。

薙ぎは太刀を水平に動かすことで、一定の範囲を支配下に置く。だが、かわされれば、大きな隙《すき》を生み出す。

そこを山本兵庫が突いてきた。

「なんのう」

賢治郎は流れた太刀の柄《つか》を手首の力だけで立て、切り上がってくる切っ先にぶつけた。

「こいつ……やる」

受け止められた山本兵庫が驚いた。

「おうりゃあ」

間近な山本兵庫に、賢治郎は蹴りを入れた。

「……喰らうか」

山本兵庫が身体を右へ開いた。

左足での蹴りは、相手にとっての右へ逃げられると追えない。股関節《こかんせつ》は内側へ向かって動いても、外へは開かないのだ。

「ちっ」

小さく舌打ちした賢治郎は、あわてて間合いを取った。

「やるな」

「そちらもな」

互いに間合いを空け、ふたたび三間で対峙《たいじ》した二人が、体勢を整えた。

「そろそろ片を付ける。おまえは、吾《われ》の夢を邪魔するだけだ。話を聞くより、殺しておくべきだ」

山本兵庫がもう一度上段に取った。

「来い」

生け捕りにするには、相当な腕の差がいる。山本兵庫の強さを見た賢治郎は生け捕りをあきらめた。

「生かしておいてはならぬのは、おまえのほうだ」

殺す気で賢治郎は得意の下段へと構えを変えた。

「行くぞ」

やはり山本兵庫が先に動いた。

「参る」

賢治郎も踏み出した。

「もらった」

「ぬん」

上段から袈裟《けさ》懸《が》けを撃つ山本兵庫に対し、腰を落とした賢治郎は低い位置から太刀を斬《き》り上げた。

「くっ」

目の隅に映った白刃の光の動きに、賢治郎は切っ先の狙《ねら》いを変えた。山本兵庫の下腹から腹へと切り裂くつもりだったが、それよりも山本兵庫の太刀が己の左肩を斬るほうが早い。もちろん、勢いのついた一撃は、たとえ左肩を斬られようとも、敵の腹を断ち割る。相討ちにはもちこめた。だが、それは許されなかった。

賢治郎は家綱唯一の耳目手足なのだ。江戸城から出られない家綱の五感といってい い。もし、ここで賢治郎が死ねば、家綱は五感を失う。世間を知ることができなくなった家綱は、この先執政の言いなりになるしかなくなる。なんとしても賢治郎は死ねなかった。

賢治郎は山本兵庫の臑《すね》を襲った。

「あつっ」

賢治郎の太刀が山本兵庫の臑を斬った。が、咄嗟《とっさ》に目標を変えたため、刃筋が狂い、賢治郎の一刀は、山本兵庫の臑の肉をかすっただけに終わった。

臑は人体の急所である。肉が薄く、骨が近いため、他に比べて痛みがきつい。上段での一撃を強くするため、踏ん張っていた利き足に走った強烈な痛みに、山本兵庫も耐えかねて、軌道がずれた。

勢いのついた上段からの太刀は、賢治郎の左肩を斬り飛ばすことなく、左へとはずれた。

「こいつめ」

痛みは強いが傷は浅い。すぐに山本兵庫は立ち直った。

対して、腰を深く落とした状態で、無理な動きをした賢治郎は、体勢を整えられなかった。

「くらえ」

とどめと山本兵庫が太刀を引いた。

「ぐっ」

足に力を入れた山本兵庫がうめいた。臑は体重を支える重要な場所である。それだけに、わずかな傷でも支障が出た。小さく山本兵庫が揺らいだ。

「…………」

屈んだままの賢治郎が、もう一度山本兵庫の足を狙って太刀を突いた。

「しつこい」

無事な足で山本兵庫が逃げた。

「ふうう」

ようやく賢治郎は無理な姿勢を正せた。

「今日はここまでにしておいてくれる」

山本兵庫が後ずさった。

「勝手なことを」

襲い来ておきながら、怪我をしたとたん逃げだそうとする山本兵庫に、賢治郎は憤慨した。

「…………」

追いかけようとした賢治郎目がけて、山本兵庫が小柄《こづか》を撃った。

本来、懐紙などを切るための道具でしかない小柄だが、武に長《た》けた者が使えば、十分手裏剣《しゅりけん》の代わりとなった。

「ちいい」

しっかりと目を狙ってきた小柄を賢治郎は、足を止めて太刀で弾《はじ》いた。

飛び道具を相手にするときは、立ち止まってはいけない。剣術の常識である。少しでも狙いを狂わせ、当たらないようにするために、細かく動き回るように教えられる。といってもこれは、弓や手裏剣が放たれる前の話であった。しっかりと狙いを定めた手裏剣などが飛来し、避けられないときは、下手《へた》に動きながら打ち払おうとするのは下策であった。

動けばどうしても体幹がずれる。体幹がずれた状態での受け払いは、狂いやすい。さすがに空振《からぶ》りするほどの失敗はないが、弾く場所をまちがえて太刀の刃がかけたり、弾ききれず、傷を負ったりしかねないのだ。

「逃がしたな」

そのわずかな間を利用して山本兵庫が、足を引きずりながらも辻の向こうへと消えていった。辻の向こうへ姿を消した敵を不用意に追いかけて、角で待ち伏せに遭うことは多い。なにより、賢治郎に追撃する余裕はなかった。

「……やはり割れているか」

太刀に顔を近づけた賢治郎は嘆息した。山本兵庫の下段を受け止めた柄が割れていた。柄糸のおかげでばらばらになることはないが、柄と太刀をつないでいる中子《なかご》が抜けかけていた。このまま太刀を振り続ければ、柄からすっぽ抜けていきかねない。勝負の最中に得物《えもの》が使えなくなれば、そこにあるのは敗北だけである。

「御台所さまのご懐妊を知りたがる輩《やから》か。思い当たる相手が多すぎるわ」

軽く太刀を拭《ぬぐ》って鞘へ戻した賢治郎は、屋敷へ向かっていた足を変えた。

四

「このまま帰れば、三弥《みや》どのに見抜かれる」

三弥は深室家の一人娘である。まだ十四歳になったばかりながら、勘がよい。とくに賢治郎が太刀を振るったあとに残る殺気を見逃さなかった。

「少し気を治めてからにせねばな」

ゆっくりと進んだ賢治郎は、髪結いの師匠に当たる上総屋辰之助《かずさやたつのすけ》を訪れた。

「じゃまをする」

「おいでなさいませ」

客の髷を結いながら、上総屋が一礼した。江戸一と言われる腕の髪結いである上総屋は人気であり、昼を過ぎた今でも多くの客が待っていた。

「旦那《だんな》、こちらへ」

顔なじみの大工の棟梁《とうりょう》が、待合いの板の間から招いた。

板の間には、店からの差し入れであるたばこ盆が置かれている。小さい炉もあり、白湯《さゆ》が飲めるよう鉄瓶《てつびん》と湯飲みも用意されていた。

「すまんな、仲間に入れてくれ」

賢治郎は大工の棟梁と、左官《さかん》の親方の間に腰を下ろした。

「白湯しかございやせんが」

左官の親方が白湯を湯飲みに入れてくれた。

「いただこう」

受け取って、賢治郎は白湯をすすった。

「うまいな……」

山本兵庫との戦いは、賢治郎に緊張を強《し》いていた。ひりつくほど渇いていた喉《のど》が潤い、ようやく緊張が解けた。

「どうかなさいやしたか」

大工の棟梁が賢治郎の様子を見て、問うた。

「少し嫌なことがあってな」

賢治郎は口をゆがめた。

「嫌なことでござんすか。ありやすよねえ。生きているとかならず、あっしも腹立たしい思いはしょっちゅうでござんすよ」

「親方たちは、人を使うからたいへんだの」

同意してくれた左官の親方を賢治郎は気遣った。

「旦那ほどじゃございませんよ」

左官の親方が手を振った。

「いやいや、拙者など使われるだけだからの、気楽なものだ。上の言うとおりにしていればすむ」

「なにをおっしゃいますやら。将軍さまの御髪を調《ととの》えておられるお方が」

辰之助が笑った。

「それは光栄なのだがの」

賢治郎は苦笑した。

「どうだ、最近おもしろい話はないか」

話題を賢治郎は変えた。

「おもしろい話でやすか」

「そうでござんすねえ……近所の娘が、嫁にもいかないのに、腹が大きくなったなんぞ、旦那にお聞かせするほどのことじゃございませんしねえ」

大工の棟梁が首をかしげた。

「そういえば……」

元結いを縛りながら、辰之助が口を開いた。

「噂で聞きやしたが、上様の奥方さまにお子様ができになられたそうで」

「もう城下でも噂になっているのか。いつ聞いた」

「昨夜《ゆうべ》、店を閉める前には耳にしておりやした」

訊かれた辰之助が答えた。

「早いな。拙者でさえ、まだだったぞ」

「……それは」

辰之助が驚いた。

「驚くのはこちらだ。城中の、それも大奥でのできごとが、半日経《た》たないうちに城下へ……」

「大奥だからでございますよ」

手を休めた辰之助が、続けた。

「大奥には、多くの商人が出入りいたしますゆえ」

「商人に大奥の女中たちが漏らすと」

そのくらいのことは、賢治郎にでも推察できた。

「さようで」

辰之助が首肯した。

「御台所さまのご懐妊など、商人が知ってどうするというのだ」

そこまで賢治郎は理解できなかった。

「商人が知りたがる。それは儲《もう》かるからでござんすよ」

横から大工の棟梁が答えた。

「儲かる……」

「おわかりになりやせんでしょうなあ」

少し離れたところで、煙管《キセル》をくわえていた老人が口を出した。

「おぬしは」

見たことのない顔に、賢治郎は尋ねた。

「浜町《はまちょう》で古着を扱っております越後屋《えちごや》の隠居、次郎右衛門《じろうえもん》と申しまする」

「旗本深室賢治郎である」

名乗りを受ければ、返すのが礼儀である。賢治郎も名を明らかにした。

「これはごていねいに」

次郎右衛門が一礼した。

「教えてくれるか。儲かるという話を」

「はい。商人はものを売り買いして利を稼ぐのが仕事でございまする」

「それはわかる」

「店を構えてお客さまがお出《い》でになるのを待つ。これが基本でございまする。ですが、これだけでは商いは大きくなりませぬ」

「大きな商い……儲けということか」

「仰せのとおりでございまする。一貫文《かんもん》の古着を売っての儲けはおよそ三百文。一両の古着なら儲けが一貫文と二百」

「なるほど。代金が高くなればなるほど、儲けも大きい」

次郎右衛門の説明を賢治郎は飲みこんだ。

「はい。つまり、商いとは動く金の嵩《かさ》が大きいほど利もあり、うまみもある。ですが、じっと待っているだけで、そうそう儲け話は転がり込んで参りませぬ」

「それはそうだろうな」

賢治郎も首肯した。

「ゆえに探しているわけでございまする」

「最初に戻るが、大奥の話が金儲けになるのか」

理屈を悟った賢治郎は、具体的な話を問うた。

「なりまする。それも大きな商いに」

はっきりと次郎右衛門が断言した。

「さすがに古着屋では、どうしようもございませんが、呉服屋さんはたまらないでしょう」

「呉服屋が……」

「御台所さまがご懐妊となれば、皆様お祝いにお出でになる」

「ああ」

すでに祝いを述べる目通りを諸侯のほとんどが求めて来ていると聞かされている。

賢治郎はうなずいた。

「まさか、手ぶらでお祝いには来られませんでしょう」

「当然だな」

武家でも商家でも、祝いごとの来訪には手みやげがいる。最低で白扇、最高になると大判を出す。普通は白絹の反物《たんもの》が多い。

「わかった」

賢治郎は手を打った。

「はい」

にこやかに次郎右衛門がほほえんだ。

「もちろん、呉服だけではございませぬ。御台所さまのお祝いでございますれば、鏡や紅などの小間物《こまもの》なども遣われましょう。それらを諸大名方、諸役人方が一斉にお求めになられるわけでございます。金額は膨大なものとなりましょう。とはいえ、先ほども申しましたように、待っていては出遅れまする。少しでも早く、話を仕入れ、お得意先に報せなければなりませぬ。ご存じのとおり、お大名さまともなれば、呉服屋など何軒も出入りしているはず。当然、最初に噂を持ちこんだ者に、注文は与えられまする」

商いの仕組みを次郎右衛門が述べた。

「よくわかった。礼を言う。近いうちに、店を利用させてもらう」

「お待ち申しております。深室さまのお名前は店の者に告げておきますゆえ、いつなりともおいで下さいませ」

礼を言う賢治郎へ、次郎右衛門が頭を下げた。

「今日はこれで失礼しよう。親方、また後日に」

賢治郎は、上総屋を後にした。

当主ではないが、小納戸という出世役についている賢治郎である。その帰宅は当主に準ずる扱いを受けた。といっても、つい最近のことで、少し前までは家臣同様潜《くぐ》り門《もん》からの出入りをさせられていた。それが、紀州家から二千石の加増を約されたなどのおかげで、大門を使えるようになっていた。

「お帰りいいいいいい」

賢治郎の姿をいち早く見つけた門番小者《こもの》が、声を張りあげた。合わせて大門が開かれた。

「お帰りなさいませ」

玄関で、家付き娘の三弥が出迎えた。玄関式台より一つ上がった畳廊下で、三弥は背筋をまっすぐに伸ばした姿勢で座っていた。

「今戻りましてございまする」

賢治郎は足を止めて挨拶を返した。

武家では男が主であり、女はそれに従うものとされている。とはいえ、婿養子は別であった。これは武家の禄が血筋に与えられるものだったからだ。

先祖が戦場《いくさば》で手柄を立てたか、あるいは政で功績をあげたかして、主君から与えられたのが禄である。禄は世襲できた。

世襲の基本は、嫡子相続である。ただ、子供がいないときのことも考慮して、あらかじめ届けられた養子への継承も認められている。とはいえ、なにかしらの縁がなければ、ならなかった。まったくの他人を養子とするのも許されてはいたが、血縁の場合よりも、審査は厳しく、拒否されるときもあった。これは、武家の根本である恩とご奉公を崩しかねないからである。

禄を支給してもらうことが恩であり、それに対する忠義が奉公にあたる。先祖から営々と受け継いできた禄ならば、相続した子供もそのありがたみを小さいときからたきこまれている。いわば、主君への忠義が血のなかに刻みこまれている。なにせ、生まれたときから、禄のお陰で生活できたからだ。しかし、縁もゆかりもないところから、養子に来た場合、どうしても恩という観念は薄くなる。恩は主君ではなく、養子にしてくれた養親《やしないおや》に向かう。これでは、武家の意義が失われてしまう。

こうして、武家では血筋が重要視された。

婿養子の賢治郎は、いずれ現当主作右衛門の隠居をもって深室家を継ぐが、そこに血の継承はない。一人娘である三弥こそ、深室の正統な跡継ぎなのだ。だが、女は旗本の当主にはなれないのが決まり。やむを得ず、賢治郎という婿を当主としているだけであり、あくまでも仮でしかなかった。二人の間に男子ができればその元服を待ち、すみやかに家督を譲るのが慣例であり、賢治郎は中継ぎでしかない。もし、三弥との間がうまくいかず、離縁となったとき、家を出て行くのは賢治郎であった。

深室家において、賢治郎は三弥よりも格下であった。

「いつもより遅いお帰りでございましたが」

三弥が下からにらんだ。

「少し上総屋へ寄りましたので」

嘘《うそ》ではない。賢治郎は三弥へ答えた。

「お役目のための研鑽《けんさん》でございましたか。それはご立派なことでございまする」

少しだけ眉《まゆ》をゆるめて、三弥が言った。

「昼餉《ひるげ》はおすませに」

「いえ、まだ」

夜明け前に食した朝餉以来、なにも口にしていない。言われて賢治郎はあらためて空腹を感じた。

「それはいけませぬ」

さらに表情を和らかくした三弥が、急いで立ち上がった。

「幸《さち》、膳《ぜん》の用意をいたせ。賢治郎さまのお部屋へ持って参るのだぞ。ささ、お上がりなさいませ」

女中に指示を出した三弥が賢治郎を促した。

「お刀をお預かりいたしまする」

三弥が太刀を受け取ろうとした。

「…………」

無言で賢治郎は太刀を渡した。

女が太刀を持つときは、鞘を両手で持ち、胸の高さで支えるのが慣習である。移動の途中に抜けては大変なため、傾けたり、柄に手をかけることは禁じられていた。

おかげで、三弥は柄の割れに気づかなかった。

賢治郎の部屋に入った三弥が、太刀を床《とこ》の間《ま》に置かれた刀掛けへと置いた。続いて賢治郎も脇差《わきざし》を腰からはずし、刀掛けへとのせる。

「お着替えをなされませ」

三弥が賢治郎の羽織を脱がせた。

まともな武家では、女が身の回りの手伝いをすることはなかった。武家では当主の世話は、男の家臣の役目と決められていた。

しかし、一度賢治郎が刺客《しかく》に襲われて怪我を負って以来、三弥がいっさいの世話を担うようになった。

「お袴《はかま》を」

前に回った三弥が、賢治郎の袴のひもを解《ほど》いた。

ようやく女の徴《しるし》を見たばかりの三弥は小柄である。膝立ちしても、その頭は賢治郎の胸に届かない。見下ろす形になる賢治郎は、ややうつむき加減の三弥の白いうなじに目を奪われた。

「足を……どうなさいました」

ひもを解き、袴を脱がせようとした三弥が、動かない賢治郎に怪訝《けげん》な顔をした。

「……いや」

あわてて賢治郎は三弥のうなじから目を離した。

「失礼いたしまする」

女中が膳を捧《ささ》げて入ってきた。

「置いたら、さがってよい。あとはわたくしがいたしまする」

三弥が告げた。

武家の昼餉は粗末であった。飯は朝にしか炊かないため、昼は冷や飯になる。おかずもあらたに用意されはしない。よほど裕福な武家でもないかぎり、漬けものと汁くらいしか出なかった。

「どうぞ」

茶碗に山盛りの飯を三弥が差し出した。

三弥は六百石の一人娘である。家事をする女中は、生まれたときからいる。己で飯をよそうことなどまずしない。その三弥が賢治郎の食事の給仕だけは、決して他人にさせない。とはいっても慣れていないため、飯は上から押さえつけて、崩れないようにしていた。

「いただきまする」

賢治郎は、固く盛られた飯に箸《はし》を突っこんだ。

武家は飯をよく喰う。一度に三合くらいは軽い。賢治郎が五杯目のおかわりをしたところに、廊下から声がかかった。

「よろしゅうございましょうや」

顔を出したのは家宰を務めている家臣であった。

「なにごとぞ」

三弥が尖《とが》った声で応じた。

「賢治郎さまに」

「拙者か。なんだ」

家宰の言葉に、賢治郎は茶碗を置いた。

「紀州家御家老の三浦長門守《みうらながとのかみ》さまのご使者がお見えでございまする」

「長門守さまのご使者が」

「いかがいたしましょうや」

「すぐに向かう。客間か」

「いえ、玄関にてお待ちでございまする」

「玄関で待たせるなど、失礼であろう」

三弥が家宰を叱った。

「いえ、ご使者さまがすぐに戻らねばならぬからと仰せになられましたので」

家宰が言いわけした。

「わかった。しばし、中座を」

賢治郎は三弥に一礼して玄関へ向かった。

「深室さま」

「おう、ご貴殿でござったか」

玄関にいたのは、顔見知りの三浦家の臣であった。

「不意に参りまして、申しわけございませぬ」

使者が深く腰を折った。

「いや、それはかまいませぬが、本日のご用件は」

「主がお越しただきたいと申しております」

賢治郎の問いに使者が答えた。

「長門守さまのお屋敷へか」

「いえ、紀州家上屋敷までご足労願いたいと」

三浦長門守は、紀州家の家老ではあるが万石を領し、江戸に上屋敷と下屋敷を拝領していた。用があるならば、そちらに招くのが普通であり、主君である紀州徳川大納《だいな》言頼宣《ごんよりのぶ》のいる上屋敷へ呼ぶのはおかしかった。

「紀州公の上屋敷……」

「…………」

目を細めた賢治郎を、無言で使者が見つめ返した。

「大納言さまのお呼びか」

「わたくしでは、わかりかねまする」

答えるだけの身分ではないと、使者は首を振った。

「……承知した。いつ伺えばよろしいか」

紀州大納言頼宣は、徳川家康《いえやす》の息子である。その要求を断ることなどできようはずもなかった。

「わたくしにご同道を願いまする」

使者が求めた。

「承知いたしましてございまする。用意をいたしますゆえ、しばしのご猶予《ゆうよ》を」

首肯した賢治郎は、あわてて自室へ戻った。

「お出かけでございますか」

使者が来た段階で予想していたのか、着替えの準備を三弥が整えていた。

「湯漬けにしておきました。お召し上がりを」

三弥が立っている賢治郎へ茶碗を持たせた。

「訪問先で、腹が鳴るようなまねはしていただけませぬ。まるで、深室が賢治郎どのを冷遇しているように見えますゆえ」

「……いただこう」

すでに食事をする気分ではなかったが、賢治郎は言われるままに湯漬けをかけこんだ。

武士にはいざ鎌倉《かまくら》というときがある。立っての食事も礼として外れてはいなかった。

「足をおあげなされ」

湯漬けを食べている賢治郎に、三弥が袴をはかせた。

「紀州さまからのお迎えだそうだの」

非番の義父作右衛門が、そこへ顔を出した。

「なにをしている。飯などよいゆえ、さっさと用意をいたせ」

作右衛門が叱った。

「はい」

逆らわず、賢治郎は茶碗を置いた。

「まったく……」

作右衛門が険しい顔をした。

「御用は」

文句を続けようとした作右衛門へ、三弥が問うた。

「紀州さまに呼ばれておりまする。あまりお待たせしては」

「そうであった」

三弥に言われて、作右衛門が賢治郎へ正対した。

「大納言さまにお目にかかったならば、先日のご加増の件、今すぐにちょうだいできるようお願いして参れ」

作右衛門が命じた。

「しかし、加増のお約束は、紀州大納言さまの形見分けとして」

賢治郎が拒んだ。毒を盛られた頼宣を助けたことで、賢治郎には頼宣の遺産分けとして、その死後二千石が贈られる約束ができていた。

「くださるならば、早いほうがよいだろうが。二千石ぞ。一年で千両からの収入になる。一年早くいただけば、それだけ深室が裕福になる。そなたも深室の者なれば、家を発展させることを考えよ」

ふたたびきつい口調で作右衛門が述べた。

「御三家からの加増を願うなど、旗本としてできませぬ。そのようなまね、上様のご恩を軽くいたしまする」

賢治郎は首を左右に振った。

旗本は、将軍家から禄をもらっている。賢治郎はまだ部屋住みのため、無禄である。もし、ここで頼宣から禄をうければ、賢治郎は紀州の家臣同様になる。

「うっ……」

陪臣《ばいしん》を婿にする。それに思い至った作右衛門が詰まった。

「では、加増を半分でもよい、儂あてに下さるように願え。そうだ。それがいい。もともと深室へいただくものならば、儂が受けてあたりまえだ」

作右衛門が別案を言い出した。

「お許しになればよろしいが、大納言さまのお怒りを買うことになるやも知れませぬ」

「……」

賢治郎の言葉に、作右衛門が沈黙した。

なんの手柄もない者の要求は、強欲でしかない。

「では、お使者さまを待たせるわけには参りませぬので。義父上《ちちうえ》のご要望は、大納言さまにお伝えいたしまする」

言い残して、賢治郎が部屋を出た。

「ま、待て。今の話はなかったことにせい。ただし、加増を早めにいただくようにだけは申せよ」

己に禄をという要求は撤回したが、作右衛門はまだあきらめていなかった。

「…………」

あきれた賢治郎は返答をしなかった。

「はずかしい……」

見送りについてきた三弥の声が、賢治郎の重い気持ちを少しだけ軽くした。

第二章　母の謀事《たばかりごと》

一

紀州徳川家の上屋敷は、赤坂御門を出たところにあった。

「しばし、お待ちを」

大門前で賢治郎を止め、使者は急いで潜り門へ駆け寄った。

「深室賢治郎さま、お見えでござる」

「承知いたした。開門、開門」

門番足軽《あしがる》が大声を出し、紀州家上屋敷の大門が開いた。

大名屋敷の大門は、藩主、将軍、一門、同格の大名家などを通すとき以外は開かれない。さすがに役人を潜り門から通すことはないが、御三家ともなると大門を開きることはなく、五分《ぶ》から八分ていどで止《とど》める。

その大門が賢治郎のため完全に開かれた。

「仰々しいまねをなさる」

賢治郎は嘆息した。

紀州家を訪れるたびに、この扱いである。どれほどの人物が来たのかと、紀州家上屋敷周囲の目を引いてしまう。集まる奇異なまなざしに賢治郎は嘆息するしかなかった。

「どうぞ」

戻って来た使者が促した。

「…………」

黙ってうなずいた賢治郎は、注目から身を避けるため早足で大門を通り抜けた。

「お呼び立てをいたして申しわけない」

玄関式台に紀州家家老三浦長門守が立っていた。

「いえ。こちらこそ、お世話になっております」

賢治郎は首を振った。

「立ち話をするわけにも参りませぬ。奥へ」

三浦長門守自らが案内にたった。

「こちらでござる」

玄関からかなり歩いた座敷の前で、三浦長門守が足を止めた。

「お入りくだされ」

「失礼いたす……」

座敷に入った賢治郎は絶句した。

「大納言さま」

上座に徳川頼宣が腰を下ろしていた。格下の客を迎えるとき、主は後から座敷に来るのが普通であった。

「早かったの。まだ、十分酔ってないぞ」

頼宣が手にしていた盃《さかずき》を干した。

「おられるとは思っておりましたが……」

「酔っているとは思わなかっただろう」

なんとも言えない表情の賢治郎に、頼宣が笑った。

「まあ、座れ」

呆然《ぼうぜん》としている賢治郎へ、頼宣が命じた。

「膳を用意してやれ」

「はっ」

頼宣の後ろに控えていた小姓が座敷を出て行った。

「いえ、わたくしは……」

「余の酒を断るなどと言うまいな」

据わった目で頼宣が賢治郎を見た。

「……いただきまする」

あきらめて賢治郎は下座に着いた。

「いや、そこはわたくしの席、深室どのは、あちらへ」

三浦長門守が、頼宣の左手を指さした。

「それはさすがに……」

主の左右は客の座である。とくに主から見て左手が主客の場所であった。

「考えていただきたく存じまする。わたくしは無官小役人でございまする。本来なら、大納言さまと同席さえかなわぬ身」

頼宣は従二《じゅ》位大納言、三浦長門守はその名の通り従五位下の位階を朝廷より与えられていた。

「公式の場ならばそうしてもらうがな。ここは余の屋敷、ここでは、余の判断がすべてに勝る。ここでは、天皇、将軍でも余の決まりにしたがってもらう」

世間の規則を、頼宣は鼻先で笑った。

「そうであろう。でなければ、女を抱いているときでも、足が京を向いていないか、江戸城へ尻《しり》を向けていないかと気にせねばなるまいが。そなたは、一々考えて、あの娘を抱いているのか」

「まだ抱いておりませぬ」

強く賢治郎は否定した。

「ほう……」

すっと頼宣の目つきが変わった。

「余の前に立ちはだかったときは、なかなかの女《おなご》と思ったが、それほどでもなかったか。婚姻の約束だけで、賢治郎を縛っておけると思っているならば、浅はかとしか言いようがない。約定《やくじょう》などいつでも反故《ほご》にできる。反故にさせぬために使えるものがあるというに。女でなければ使えぬものがな」

頼宣が三弥を嘲《あざけ》った。

「大納言さま。あまりでございましょう」

賢治郎は苦情の声を出した。

「事実だろう」

抗議を頼宣があっさりといなした。

「抱いたのか。いや、そなたは婿養子だ。言いかたを変えねばなるまい。抱かせてもらったのか。いや、誘ってもらえたのか」

「……それは」

賢治郎の勢いがすぼんだ。

「やはりな。……長門」

頼宣が三浦長門守へ目を動かした。

「なんでございましょう」

「見目麗《みめうるわ》しい女を一人用意いたせ。そうよなあ、肉付きのよい女をな。あと、市内の適当なところに、こぢんまりとした屋敷をな」

「承知いたしましてございまする」

三浦長門守が首肯した。

「……えっ」

頭の上をこえる話に、賢治郎は呆然とした。

「側女《そばめ》を世話してやろうというのだ」

「……側女」

頼宣の言葉に賢治郎は驚いた。

「そうだ。そなたも男だ。それも若い男となれば女が要ろう。余もそなたくらいのときは、毎晩女なしでは寝られなかったからの」

「わたくしはそのようなもの不要でございまする」

賢治郎が否定した。

「婿養子の遠慮か。いつまでさせてもくれぬ女に操《みさお》をたてる」

頼宣が嘲るような口調を、重いものに変えた。

「家を放り出されたならば、行くところがないからだな」

「それをご存じで……」

言われた賢治郎が詰まった。

賢治郎は実兄主馬と折り合いが悪く、実家の松平家から勘当されていた。今、婚家から出されれば居場所を失う。

「行き先は余が用意してやろう。前は長門の娘婿になれと言ったが、それでは困ろう。長門の婿は、紀州家臣でしかない。それでは上様にお仕えできんからな」

「……っっ」

賢治郎の懸念《けねん》をしっかりと頼宣は読んでいた。

「あいにく、余に娘はおらぬ。今から孕《はら》ますわけにもいかぬ。娘婿とするのは、あきらめよう。かわりにそなた、余の養子になれ」

「な、なにを」

頼宣の話に、賢治郎が絶句した。

「まあ、といっても余の養子とするのは、難しかろう。長門守は許しても、他が黙っておるまいからの。とくに馬鹿息子が」

馬鹿息子とは頼宣の嫡男光貞《みつさだ》のことだ。あまり長く当主の座を譲ってもらえないことに業《ごう》を煮やした光貞は、根来者《ねごろもの》を使って頼宣を殺害しようとした。それを偶然同席していた賢治郎が救った。これで頼宣は賢治郎をいっそう気に入った。

「養子となれば、紀州を継ぐ権を持つからな。とても馬鹿息子には耐えられまい」

「家老どももそうでございましょう」

三浦長門守が付け加えた。

戦《いくさ》がなくなった泰平では、武家に出世の道は少ない。算勘の腕で文官として頭角を現すか、主君に媚《こ》びて引き立ててもらうかだ。

すでに老人となり、いつ隠居してもおかしくない頼宣についているより、次の藩主である光貞に近づいたほうが得だと考える家臣は多い。家老たちも三浦長門守を除いたほとんどが、光貞の味方になっていた。

そんなところに、頼宣の気に入りで、その上、将軍家綱の幼なじみで寵臣《ちょうしん》である賢治郎が養子として来れば、波乱が起こらないはずはない。

御三家は格別な家柄とはいえ、将軍にとって家臣には違いないのだ。主君が家臣の当主を指名してくれれば、拒めなかった。

「さすがに家を割るわけにはいかぬしの。そうなれば、阿部豊後守だけが喜ぼう」

頼宣が苦笑した。

「そこで猶子《ゆうし》だ」

猶子とは吾《わ》が子に近いという意味である。家を継ぐ権などはないが、一門同然の扱いを受けた。

徳川の一門扱いとなれば、無禄で放置できなくなる。もっとも、賢治郎は徳川の血を引いてはいないため、万石《まんごく》を与えられはしないが、旗本として召し出されるのは確かであった。

「どうする。禄と女、今と同じ状況だが、ずいぶんと違うぞ。なにせ、こちらの女はおぬしを拒まぬ」

「拒まぬ……」

思わず賢治郎は繰り返した。

「今すぐ返答はせずともよい。いろいろ考えねばならぬだろうからの。次に顔を合わせたとき、返答をせい。ただし、最後の機会だ。よく考えよ。あとで、やはりこういたしまするは許さぬ。これ以上は、余も辛抱せぬからな」

戸惑っている賢治郎に、頼宣が猶予を与えた。

「話がそれすぎたの。本日の用件に戻ろう」

頼宣が己で酒を注《つ》ぎ、一息《ひといき》であおった。

「御台所さまの懐妊はまことか」

「……やはりその話でございましたか」

賢治郎は嘆息した。

「やはりすでに問われていたようじゃの」

小さく頼宣が笑った。

「問いだけならまだましでございました」

「無理矢理もあったと」

三浦長門守が気づいた。

「…………」

要らぬことを言ったと賢治郎は黙った。

「愚か者がいるようだな。まだ」

「はい」

頼宣と三浦長門守が顔を見合わせた。

「どちらだと思う」

「おそらくは甲府」

問われた三浦長門守が答えた。

「甲府についている一人が、なかなかの遣《つか》い手《て》と。それに館林は、表だって動くより、裏を得意としておりまする」

三浦長門守が推測を述べた。

「それに館林には大奥に手だてがございまする」

「黒鍬者《くろくわもの》か。館林の妾が黒鍬の娘だったな」

頼宣が受けた。

「はい。黒鍬者は毎朝大奥へ出入りいたしまするゆえ」

「な……」

賢治郎は息を呑んだ。

「知らなかったのか、それとも忘れていたか」

ふたたび頼宣の声が厳しくなった。

「忘れておりました」

賢治郎はうなだれた。

「どうなのだ。御台所は」

「……………」

再度問われても、賢治郎は答えられなかった。

「隠しても意味はないぞ。明日には館林が知ることになる。わかっているだろう。黒鍬者は、毎朝大奥へ御台所の風呂水を運びこんでいる」

頼宣が告げた。

黒鍬者は幕府における中間《ちゅうげん》のようなものであった。主たる任務は、江戸城下の道路の保守である。そして、もう一つ重要な仕事が、江戸城を出たところにある辰ノ口《たつのくち》に湧き出る名水を大奥へ運び、御台所の湯船を満たすことであった。

大奥は男子禁制である。これは、将軍の正統性にかかわるからだ。

大奥にいる女はすべて将軍のもの。もし、将軍以外の男が大奥へ出入りしては、女中が孕《はら》んだとき、誰の子供かわからなくなる。

「ふん」

鼻先で頼宣が笑った。

「黒鍬を男と思っている女中など、大奥にはおらぬわ」

「えっ」

間抜けな応答を賢治郎は返した。

「黒鍬は武士ではない。そんな連中に身を任そうと考えるような女は、大奥へあがらぬ。大奥にいる女中たちは、皆、上様のお手がついて側室となり、お世継ぎを産むことを願っている。あるいは、大奥で出世して、中臈《ちゅうろう》、上臈となる。その二種類しかない。そんな女中たちが、己の傷にしかならない身分低い男と閨《ねや》をともにするわけはない」

頼宣が語った。

「男でなければ問題はあるまい。ただ、水を運ぶだけ。そう、荷を引かせた牛と同じだ」

「そういうものでございますか」

賢治郎には理解できない話であったが、それ以上説明を求めるわけにもいかなかった。

「つまり、明日の朝、黒鍬者が、御台所近くの浴室まで行くというわけだ。そこまでいけば、あとはどうにでもなる。なにせ、黒鍬者は、忍《しのび》でもあるからな。大奥へ入りこんでしまえば、御広敷伊賀者《いがもの》といえども対応は後手《ごて》になる。女が孕んだかどうかなど、すぐに調べられる」

「…………」

賢治郎は言葉を失った。

「御免《ごめん》を」

あわてて賢治郎は腰を上げた。

「そう、急《せ》くな」

頼宣が引き留めた。

「黒鍬が大奥へ入るのは明日の朝だ。それに、今頃行っても阿部豊後守はもう帰ってしまっておるわ」

「それはそうでございますが」

「屋敷に参るつもりだろうが、教えてやったのだ。もう少し余に話を聞かせよ」

「わかりましてございまする」

しっかりと頼宣に先を読まれていた賢治郎は、鼻白んだ。

「しかし、お話しするようなことはございませんが」

求めに賢治郎は困惑した。

「あるぞ、のう、長門」

「仰せのとおり」

三浦長門守が同意した。

「……なにを話せと」

「今日の戦いを詳しく申せ」

「甲府の刺客との遣り取《やと》りをお聞きになりたいのでございますか」

「そうだ」

確認する賢治郎に、頼宣が首肯した。

「孫子も言っておるではないか。敵を知り、己を識《し》れば百戦危うからずとな」

「敵……」

賢治郎は驚いた。

「当然だ。甲府も館林も、余と共に五代の座を争うなか。これは命の遣り取りをしているのと同義」

「大納言さまが命の遣り取りを……」

「そうだ。正統でないのだからな、我らは。正統ならば、黙って先代が隠居するのを待てばいい。しかしながら、我らは嫡流ではなく、将軍になる資格を持つだけの一門でしかない。枝葉《えだは》が幹になるには、他の枝葉を刈り取らねばなるまいが。その覚悟なしに御三家の当主などできぬ」

「…………」

頼宣の言葉の裏に気づいて、賢治郎は息をのんだ。枝葉が幹になるのは、他の枝葉よりも切らなければならないものがある。そう、今現在の幹を腐らせ、それを栄養としなければ枝は本体になれない。それを頼宣は言外に含めていた。

「将軍家の寵臣をするならば、決して忘れるなよ。御三家は将軍を希求するものだということをな」

「御三家は敵だと言われますか」

賢治郎は頼宣を見つめた。

「乱世で血は最強のつながりである。が、泰平では当主の座を争う敵。そして、今は……」

「……泰平」

頼宣が切った言葉の続きを賢治郎は口にした。

「そういうことだ」

頼宣が大きく首を縦に振った。

「泰平の争いは陰湿だ。乱世のように、敵味方に分かれてぶつかりあうのではなく、陰《いん》にこもって、刺客を遣う。そなたを襲った刺客が、いつ余に牙剝《きばむ》くかわからぬ。少しでも敵を知っておきたいと考える。これこそ、身を守る第一義であろう」

「わかりましてございまする」

賢治郎は納得した。

「では、話さないという選択もございますな。大納言さまが上様の敵であるならば、敵の敵は味方と申しまする」

「言うようになったの」

満足そうに頼宣が笑った。

「したが、そなたにそのようなまねはできまい。余を見捨てられるか。見捨てられまい。そなたは情に厚い」

「……くっ」

見抜かれた賢治郎がうめいた。

「刺客のことを隠して、後日余がそやつに討たれたとき、快哉《かいさい》を叫べるか、そなたは」

「いいえ」

賢治郎は首を左右に振った。

「であろう。その甘さも余が気に入っているところよ。よほど光貞より好ましい。あやつは、我欲だけしかない。己の欲しいものはなんでも手に入ると思っている。育てかたをまちがえた余の責任でもあるが、大きな子供でしかない。対してそなたは、上様への忠義を持っている。己より優先するものがある。守るべきものがある男は強い」

「畏《おそ》れ入《い》りまする」

過分な称賛に賢治郎は身を縮めた。

「教えてくれ」

「はい。身の丈五尺六寸（約百六十八センチメートル）、やせ形で剣の流派は一刀流《いっとうりゅう》の流れかと……」

頼宣の頼みに、賢治郎は思い出す限りを語った。

「……なるほど」

「正統な修養を積んでおるようでございますな」

頼宣と三浦長門守が述べた。

「身形《みなり》も正しい。甲府藩士か、あるいは……」

「順性院付きか」

三浦長門守と頼宣が難しい顔をした。

「順性院さま付きと言いますれば、桜田御用屋敷の者」

賢治郎は思案した。

「かかわりはなかろう、そなたとは」

「ございません」

頼宣の言うとおりであった。

将軍の側《そば》にいるのが役目の小納戸は、基本城から出る用件はない。先代の側室や大奥女中で隠居した者、病気療養中の者が在する桜田御用屋敷へ行くことなどなかった。

桜田御用屋敷は、御広敷の管轄で、留守居の支配を受ける。

「順性院付きの用人か、その配下あたりであろう」

頼宣が推測した。

「旗本が甲府に与《くみ》しているとは思えませぬ。甲府の者どもなれば、綱重卿が将軍就任となられれば、旗本に復するゆえ、馬鹿もいたしましょうが」

三浦長門守が疑問を呈した。

「順性院から誘われたのではないか。綱重が五代将軍となれば、万石を与えるなどと褒賞で釣られたやも知れぬぞ」

「なるほど」

「ではございますが、わたくしを襲ったなどと知れては、万石の夢どころか、潰《つぶ》されかねませぬ」

納得する三浦長門守へ、賢治郎は疑問を口にした。

賢治郎は将軍家綱の寵臣である。三代将軍家光の寵臣であった松平伊豆守や阿部豊後守のように執政を任されてはいないが、家綱の信頼を受けている。その賢治郎に手出しをしたと明らかになれば、無事ではすまなかった。

よくて減禄、小普請《こぶしん》入り。悪くすれば切腹改易になる。

「人の欲というのは、強いぞ。保身を考えるような輩《やから》ならば、最初から話にのりはせぬ。のった以上は、それなりの覚悟をしていると考えるべきだ」

頼宣が説明した。

「命をかける覚悟。それをするだけの褒賞」

どれほどのものを提示されれば、人は他人を害する気になるのか、賢治郎には想像できなかった。

「一握りの米を巡って、殺し合うのも人よ。人の本性は、己さえよければいいのだからな」

あっさりと頼宣が告げた。

「…………」

賢治郎には、否定することができなかった。

「さあ、飯だ。喰っていけ」

ちょうど運びこまれてきた膳に、頼宣が率先して手を付けた。

「いただきまする」

断るわけにもいかないと、賢治郎も箸を持った。

「お毒味は」

喰い、呑む頼宣に、賢治郎は思わず訊いた。先日、頼宣は毒を盛られたばかりであった。

「大事ない。上屋敷は吾が手で固めた」

頼宣が口を動かしたまま手を振った。

「家老であろうが、用人であろうが、余に従わぬ者は、皆中屋敷、下屋敷へ異動させてくれたわ。なかには、世を異にさせたのもいたがな」

五分づきの米を炊いた飯を喰いながら、頼宣が口の端をゆがめた。

「それにな……山盛りにつげ」

空になった茶碗を控えている小姓へ渡し、頼宣がお代わりを要求した。

「毒を怖がるような者に、天下が治められるわけなかろう」

「大納言さま」

天下を治めるとの言葉に、賢治郎が抗議した。

「すまぬ。まだであったな」

「……」

まだと言われては、どうしようもなかった。頼宣には将軍となる資格がある。

「馳走《ちそう》でございました。では、これで」

さっさと飯を終えて、賢治郎は座を立った。

「よかろう」

頼宣が退出を認めた。

「吾が猶子となること……考えておけ」

最後に頼宣がもう一度勧誘した。

二

館林徳川綱吉の館《やかた》は、神田にあった。

「誰やらが申していたが、御台所さま、ご懐妊とはまことか」

綱吉が家老の牧野成貞《まきのなりさだ》へ問うた。

「お耳に入られましたか」

牧野成貞が苦い顔をした。

「よくなかったのかの」

「いいえ。まだ確定しておりませんので、殿にお知らせするには、早いと」

首をかしげた綱吉に、牧野成貞が言いわけした。

「そうか。おめでたいお話ゆえ、祝いをせねばならぬと思ったのだが……」

綱吉が残念そうに言った。

「上様の弟である余が、他の大名より出遅れるわけにはいかぬ。確認を急げ」

「こればかりは、お問い合わせするわけにも参りませず……」

急かす綱吉に、牧野成貞が答えた。

「さようか。そなたたちでは無理であろう。わかった。余が直接上様にお伺いいたそう」

綱吉が述べた。

「上様へお目通りを願う」

「わかりましてございまする。ただちにその旨、手配いたしまする。では、ご免を」

牧野成貞が綱吉の前を下がった。

「桂昌院さまにお出ましを」

執務室へ戻らず、牧野成貞は神田館の奥へと向かい、桂昌院を呼び出した。

「どうした、牧野」

桂昌院が奥から出てきた。

家老職は、御用とあれば奥へ入ることもできる。とくに綱吉の父親代わりともいえる傅育役であった牧野成貞である。少し前までなら、遠慮なく奥へと足を踏み入れていたが、今は奥に綱吉の愛妾伝《あいしょうでん》の方《かた》がいる。

男というのは、好きな女に他の男が近づくのを嫌う。学問好きで女に触れることさえなかった綱吉が、初めて抱いたのが伝である。初めての女は格別なうえ、美貌《びぼう》の伝を綱吉は溺愛《できあい》した。その伝のいる奥へ、綱吉の許しなく入っては、叱られかねない。

「じつは……」

綱吉との会話を牧野成貞が報告した。

「宰相さまが、御自《おんみずか》ら、行かれると仰せられたのだな」

「さようでございまする」

牧野成貞が首肯した。

「……ふむう」

しばし桂昌院が悩んだ。

桂昌院は、順性院と同じく三代将軍家光の側室であった。長く男色に惑溺《わくでき》し、女を見向きもしなかった家光の側室として寵愛《ちょうあい》されただけに、順性院と並んで天下の美《び》姫《き》として知られていた。

「調べはどうじゃ」

「……い、未《いま》だ」

桂昌院に見とれていた牧野成貞があわてて首を左右に振った。

「妾《わらわ》の伝手《つて》も、今回は役に立たぬ」

綱吉の独立に伴って、大奥を離れた桂昌院だが、配下の女中は残していた。その女中を通じて、大奥の噂などを集めていたが、今度ばかりはなにもわからなかった。

「お方さまのお力でも」

「うむ。妾の使いが、七つ口で断られた。手紙さえ止められたわ」

「そのような無礼を」

落髪したとはいえ、桂昌院は家光の側室として、男子を産んだお腹《はら》さまである。嫡男家綱を産んだ宝樹院《ほうじゅいん》に比べると格下には違いないが、桂昌院の力は幕府にも影響を与えるだけある。その桂昌院を門前払いする。そのことに牧野成貞が驚いた。

「妾の大奥への出入りを止められるのは、ただ一人。大奥の主である御台所だけ」

「御台所さま……」

「どう思う」

桂昌院が牧野成貞へ問うた。

「御台所が大奥への出入りを禁じる。これは、懐妊したため、少しでも疫病《えきびょう》などが入りこまぬようにとのことか、あるいは懐妊が偽りだとばれぬためか」

「難しゅうございまする。わたくしは、大奥の内情にあかるくございませぬゆえ」

牧野成貞が申しわけなさそうにうなだれた。

大奥は表の介入を受け付けない。現将軍の弟の家政を任されるほど、牧野成貞は優秀である。老中たちとの交流も深く、朝廷とのつながりもある。その牧野成貞でさえ、大奥には、いっさい手出しができなかった。

「宰相さまにお願いするのもよいか。さすがに弟から問われれば、答えぬわけにはいくまい。偽りを言うわけにもな」

桂昌院が述べた。

「ただ、宰相さまにかかわっていただくのはいかがなものであろう」

「はい。その点は危惧せねばなりませぬ」

桂昌院の懸念に、牧野成貞が同意した。

「殿にご確認いただいたあと、なにかあれば、殿へと疑いが向きかねませぬ」

牧野成貞が苦い顔をした。

「下手をすれば、館林からどこか遠いところ、陸奥《むつ》あるいは日向《ひゅうが》へ転封ということもありえまする」

どちらも江戸から遠い。参勤交代は将軍の弟といえども免じられない。距離があるほど、参勤は日を喰い、金を費やす。二十五万石ていどなら、まず十年で藩庫は底をつく。

「将軍の弟ぞ、宰相さまは」

さっと桂昌院の顔色が変わった。

「五万石ほど加増すれば、栄転に見えましょう」

しかし、将軍の弟という格式が、行列を簡素にさせない。人が増えただけ、費用はかさむ。

「……………」

桂昌院が息を呑んだ。

「今ならば、お国元へ殿がお帰りでも、江戸へ一日あれば戻れまする。上様の万一にも間に合いましょう。ですが、陸奥や日向であれば、十日ほどかかりまする」

「死に目に会えぬのは、まずい」

致命傷ともいえる欠点を聞かされた桂昌院があわてた。

将軍の末期《まつご》に立ち会ったからといって、継承が確立するわけではないが、やはり周囲の目は大きく変わる。家綱が綱吉を指名していればいいが、後継者の指定をしないままに亡くなれば、執政や一門の合議で五代将軍は決まる。将軍がいなければ成り立たないのが幕府である。急ぎ次を決めなければならないのだ。利害のない老中たちにしてみれば、その場にいたかいないかは大きく影響する。

「なにより、人というのは弱い。看取《みと》ってくれた者に後を任せたいと思うのは当然じゃ」

「なんとしても避けねばなりませぬ」

牧野成貞も強調した。

「かといって、宰相さまをお止めするわけにはいかぬぞ」

「上様のごつごうということで、数日の日延べはできましょう。その間に我らで調べあげるしかございますまい」

「うむ」

桂昌院がうなずいた。

「となれば、黒鍬しかないな」

「遣わしていただいてよろしゅうございますか」

「そなたに預けよう。伝には、妾から伝えておく」

桂昌院が了承した。

「かたじけのうございまする」

牧野成貞が一礼した。

黒鍬者は、幕府で最下級の小者であった。寒中でも尻端折り《しりはしょ》りをしたまま、雨でも傘をさせず、草履《ぞうり》を履くことさえ許されない。幕臣から人扱いされない身分であった。

毎日、江戸の町を歩き、道に空いた穴を埋め、落ちている馬糞を手づかみして片づける。どれほどまじめに任をこなしても武士にはなれない。黒鍬者に夢も未来もなかった。

その黒鍬者に光が差した。

黒鍬者権兵衛《ごんべえ》の娘、伝に綱吉の手がついたのだ。

十二俵一人扶持《ぶち》ていどの黒鍬者は貧しい。三度の食事が満足にとれないことも多い。嫡男を除く黒鍬者の子供たちは、幼いうちから奉公に出された。男は大名や旗本の雑用をこなす中間として、女は女中として奉公に出、食い扶持を減らす。

伝も女中として神田館へあがった。

十五歳にも満たない伝だったが、その美貌は群を抜いていた。その美貌が桂昌院の目に留まった。

「これならば、宰相さまもお気にいられよう」

見そめた桂昌院が伝を台所仕事や掃除などをする下《しも》の女中から、身の回りを世話する上《かみ》の女中へと引きあげた。

館林藩主徳川綱吉は、勉学が三度の食事よりも好きだった。当然、女など気にしなかった。色に溺れず、勉学に熱心な藩主、世間から見れば理想であったが、将軍を目指すには不十分だった。

将軍に勉学は不要であった。優秀な執政衆と手慣れた役人たちが、天下の政を運用するからである。では、将軍になにが求められているかといえば、第一に血筋の確保であった。

徳川幕府は初代将軍家康が、豊臣《とよとみ》家を倒して設立した。当然、その子孫だけが将軍の職に就ける。家綱の代までは、嫡男での継承が続けられてきた。しかし、現在家綱に子供はいないため、直系での相続ができない状態にある。

今もし家綱に万一があれば、将軍の位は弟のうちどちらかに行く。正確には家康が創始した御三家という分家も含めての話になるが、実質先代の将軍に近い血筋から選ばれるため、綱重あるいは綱吉のどちらかになるだろうと考えられている。

もちろん、綱重、綱吉にも順位はあった。兄である綱重が格上になる。だが、その安寧《あんねい》を崩す事態が先日、幕府の手でおこなわれた。

正三位への推戴《すいたい》である。将軍の弟は、凡百の大名とは違い、かなり高い官位を与えられる。ただ、そこにも長幼の差があるはずだった。いや、なければならなかった。同じ官位に叙するにしても、まず兄の綱重が就任してから、弟の綱吉が補任される。兄弟のあいだに格差をつけ、なにかあったときには、綱重が本家を継ぐと見せつける。

こうすることで、幕府は秩序を天下に示すべきであった。

しかし、幕府は、二人をまったく同列として扱った。ほとんど同じ日に、領地と館を与え、官位も同じものに就けた。

将軍の弟として、ふさわしいだけの待遇ではあったが、世間の誤解を招いてしまった。

「長幼の差をなくした。これは、綱吉さまを綱重さまよりかわいがっているとの意思ではないか」

世間は家綱が綱吉を贔屓《ひいき》にしているのではないかと考えた。

「将軍継嗣《けいし》の問題で、館林と甲府は同格だと上様はお示しになった」

館林の家中《かちゅう》もそう思った。

「なんとしてでも、殿を将軍に」

もともと旗本ながら、綱吉に付けられたため、陪臣に落とされた館林藩士たちが必死になった。

「弟づれに奪われてなるものか」

これで長幼にあぐらを掻《か》いていた甲府家はあわてた。跡継ぎがないまま家綱が死去すれば、黙っていても五代将軍の座に就けると思いこんでいたのが崩れたのだ。

こうして綱重、綱吉の兄弟に争いが始まった。

もちろん、兵を集め、武器を使っての戦いではない。そのようなまねをしようものならば、いかに将軍の弟とはいえ、潰される。武力を使わない戦いとなる。表と裏、二つを駆使しての争いが、両家にはあった。

裏は言うまでもなく、毒や刺客を遣ったものだ。どちらも厳重に警戒しているため、実効はあがっていないが、互いの屋敷に間者《かんじゃ》を忍ばせ、好機を待っている。

そして、表は世間の評判をあげることであった。

綱重と綱吉、どちらがより将軍にふさわしいか。それを見せつけることで、将軍位争いで優位に立つ。目に見えるだけに、より派手になる戦いは、現在五分《ぶ》であった。

綱吉が優秀さでは優《まさ》っていたが、綱重には大きな利点があった。

早くから女色に溺れた綱重には、跡取りの男子がいた。直系での相続が途切れようとしているのは、家綱に子供がいないからである。

幕府の役人たちは皆、次代への継承に不安を覚えている。なぜなら、己の権を奪われるかも知れないからである。

今の将軍から信頼されたからこそ、重要な役目を与えられる。実際は他にもいろいろな要件がかかわってくるが、体裁《ていさい》としてはそうなっている。とはいえ、家臣でしかないのだ。預けられている権は、いつ取り返されるかわからない。とくに将軍の代替わりは大きな転機となった。誰でも頂点に立った者は、己なりの色を出したがる。施政方針を変更したり、大きく人事を一新して、新たな権力者の登場を印象づけようとする。

ただこのとき、父から子へという直系相続だと、変化は穏やかなものになる。父の寵臣とは、早くから触れあううえに、幼いときから敬意を表してくれているのだ。息子もよほどこうるさい老臣でないかぎり、早々に首を切ったりはしない。しかし、直系でない相続となると話は一変した。

兄の跡を継いだ弟などは、できるだけ早く先代の影を消したがる。さらに、敬意は表してもらっていても、あからさまに兄とは区別されてきたのだ。兄を支えていた執政たちによい感情をもってはいない。となれば、粛正とまではいかないが、人事交代の嵐が吹き荒れる。役目を罷免《ひめん》されるだけならまだしも、遠方への転封など不利益を被《こうむ》ることもままある。

執政たちが、将軍の子供を願うのは天下安寧よりも、保身のためなのだ。直系での相続ができる。これは大きな利点であった。役人たちが綱重に傾くのは当然である。

綱重には子供が居て、綱吉には女さえ居ない。将軍争いで一歩先んじられた。館林は焦った。そこに天下の美少女が現れた。桂昌院が、喜んで伝と綱吉を引き合わせたのも当然であった。

「宰相さまに、女の良さを教えてくれるならば、出自などなんでもよい」

伝が侍身分でさえない黒鍬の娘だというのも、桂昌院は気にしなかった。

「女の味を知れば、男は我慢できなくなる。いずれ伝以外の女にも手出しをされる。そのときのために、身分正しき女を用意しておけばいい」

己の相手であった家光がそうだったのだ。男にしか興味なかった家光が、側室を何人も抱え、子供を産ませてきた。桂昌院はその一人として、男の性《さが》を見てきている。伝の出自の低さなど、どうでもよかった。

桂昌院にとって些細《ささい》な問題でしかなかったが、黒鍬者にとって伝に綱吉の手がついたのは、驚天動地なできごとであった。

「我らにも光が見えた」

黒鍬者は狂喜した。

将軍の弟の側室である。そこいらの筍《たけのこ》大名とは格が違う。伝への寵愛が深ければ深いほど、その出自である黒鍬者への手当も厚くなる。少なくても合力米《こうりょくまい》くらいは与えられる。

「伝が和子《わこ》さまを産んでくれれば、合力は代を継ぐ」

一つ果たされると、それ以上を欲しくなるのが人というものだ。綱吉、あるいは伝の死で終わる合力を我が子にも継がせたいと思うのは人情である。

「いや、我らが手で、館林卿を将軍にする。さすれば我らも侍身分になれるはずだ」

一時の合力米以上のものを求める声が出たのも自然であった。

息子を将軍にしたい桂昌院と次代の将軍の係累として破格の待遇を望む黒鍬者が手を結んだのは、当然の結果であった。

「お呼びで」

桂昌院のもとへ一人の黒鍬者が姿を見せた。

「一郎兵衛《いちろべえ》、そなた噂は知っておるな」

「御台所さまご懐妊の噂でよろしいのならば」

問われた一郎兵衛が答えた。

「それじゃ。で、どうなのだ」

真偽を桂昌院が問うた。

「わかりませぬ。今朝方《けさがた》、湯船のお水を運んだときには、まだ噂を知らなかったため、注意いたしておりませなんだゆえ」

申しわけなさそうに一郎兵衛が頭《こうべ》を垂れた。

「異常に気づかぬとは、情けなきことよの。通い慣れた路《みち》でも、気を張っておれば、なにかを見つけられるであろうに」

桂昌院が苦い顔をした。

「…………」

「やむをえぬ。だが、明日はわかっておるな」

「承知いたしましておりまする。かならずや、御台所さまの懐妊が嘘か真か調べだして見せまする」

一郎兵衛が告げた。

「うむ」

満足そうにうなずいた桂昌院が、声を潜めた。

「もし、懐妊しておるようならば……」

「……できかねまする」

はっきりと一郎兵衛が拒んだ。

「なぜだ。御台所を殺せといっているわけではないのだぞ。女の腹を叩《たた》いてくるだけでいい」

桂昌院が粘った。

「御台所さまのお身体《からだ》に触れたならば、我らは終わりでございまする。黒鍬が大奥へ水を運ぶという名目があるにせよ、出入りを許されているのは、男でないと見なされておるからでございまする。それが御台所さまに触れる。黒鍬者は潰されましょう」

一郎兵衛がとんでもないと首を左右に振った。

「御台所が男子を産めば、黒鍬者の先はないぞ」

「……潰れるよりはましでございましょう」

脅すような桂昌院に、一郎兵衛が返した。

「どうせいと」

桂昌院が返答に一瞬の間を空けた一郎兵衛の意図を読んだ。

「我らの未来をかけるのでございまする。それだけのものをいただきたい」

「褒美《ほうび》をよこせというか。宰相さまが五代将軍となられたあかつきには、それこそ望みのものが与えられるぞ」

「それはそれでございまする。ですが、それまでの間ただ働きをさせられるのはどうかと」

「なにっ」

一郎兵衛の言葉に、桂昌院が激した。

「ご無礼を承知のうえで申しあげまするが、今までも働いて参りました。順性院さまを水に落としたのも我らの仕事」

桂昌院の依頼を受けて、黒鍬者が順性院の駕籠《かご》を襲い、江戸城の濠《ほり》にたたき落としたことがあった。用人山本兵庫が間に合ったお陰で、順性院を仕留めるまではいかなかったとはいえ、大きな衝撃を相手に与えたのは確かであった。

「失敗したではないか」

「はい。ですが、その報いを受けましてございまする。かなりの黒鍬者が、山本兵庫の手で害されました」

順性院を狙われた山本兵庫が憤慨し、黒鍬者へ報復を繰り返した。

「そのお見舞いもいただいておりませぬ。殺された者にも家族がおりました」

「…………」

桂昌院が黙った。

「未来のために命を賭《と》するのは厭《いと》いませぬ。なれど、何一つ報いられぬのであれば……」

「やる気にならぬと」

「…………」

一郎兵衛が無言で桂昌院を見つめた。

「身分をわきまえよ」

無遠慮に見つめる一郎兵衛を、桂昌院が叱りつけた。

「ご無礼をいたしました。では、これにて」

一郎兵衛が下がろうとした。

「待て」

桂昌院が止めた。

「伝がどうなってもよいというのだな」

綱吉の寵姫とはいえ、伝はまだ側室でしかない。神田館の奥では、綱吉の生母である桂昌院のほうが力を持っていた。

「お心のままに」

平然と一郎兵衛が応えた。

「黒鍬者の未来を閉じることになるぞ」

「館林卿が、伝をお手放しになられればの話でございますが」

「くっ……」

桂昌院が詰まった。

学問にのめりこんでいたことからもわかるように、もともと凝り性な綱吉である。その綱吉が初めて女の味を知ったのだ。それこそ、月のものの日もかかわりなく、伝を呼びたがる。一度伝への依存を弱めようと他の女を勧めた桂昌院だったが、あっさりと綱吉に拒まれていた。

「母と女、どちらをとられましょうや」

一郎兵衛が追い撃った。

「そこまで言うとは、覚悟のうえだろうな」

桂昌院の声が低くなった。

「使い捨てられるのはご免でございまする」

何人もが無残に殺されたのだ。黒鍬者が肚《はら》をくくるのも無理はなかった。

「よかろうぞ。褒賞を渡そう。金でいいな」

「ありがたく」

一郎兵衛が平伏した。

「しばし待て……」

桂昌院が手文庫のなかから小判を取り出した。

「手元にこれだけしかない。これは、先日殺された者たちへの見舞いじゃ」

「遠慮なくちょうだいつかまつりまする」

手を伸ばして一郎兵衛が小判を受け取った。

「わかっておろうな」

「我ら黒鍬者の忠誠は、綱吉さまに」

念を押された一郎兵衛が、額《ひたい》を床に押しつけた。

「ふん。調子の良いことだ」

憎々しげに桂昌院が口の端をゆがめた。

三

紀州家を辞した賢治郎は、阿部豊後守の中屋敷へと足を向けた。江戸城をほぼ半周するに等しいが、手近な上屋敷では目立ちすぎると考えたからであった。

「深室賢治郎と申しまするが」

「これは深室さま」

何度か訪れたことで顔見知りとなった門番が、潜り門を開けてくれた。

「すぐに使いを出しますゆえ」

そう言いながら門番が賢治郎を客間へ案内した。

「やはり、来たか」

一刻（約二時間）ほどで阿部豊後守が現れた。

「夜分に参上つかまつりましたことをお詫びいたしまする。どうしても豊後守さまにお知らせしておかなければならない……」

「黒鍬者のことであろう」

口上を述べ始めた賢治郎を、阿部豊後守が遮《さえぎ》った。

「…………」

賢治郎は黙るしかなかった。

「誰に唆《そそのか》された。そなたが気づくとは思えぬ」

阿部豊後守が賢治郎を見下ろした。

「……紀州大納言さまでございまする」

「紀州公か。引っかかってくださったと見るべきか、それとも深室を利用して、館林を追い落とそうとなされたのか」

聞いた阿部豊後守が、思案の顔をした。

「どういうことでございましょうや」

「そなたは知らずともよい。いや、知るな」

「なぜでございまするか」

拒んだ阿部豊後守に賢治郎が詰め寄った。

「そなたは腹芸ができぬ。深室が知れば、上様に伝わる」

阿部豊後守が小さく首を振った。

「なっ……」

賢治郎は絶句した。

「不服か。余が他言を禁じたとして、ご下問《かもん》があっても沈黙できるか」

「……それは」

言われた賢治郎は返答できなかった。かつて家綱に報《しら》せるわけにはいかないと賢治郎が判断し口をつぐんでいたのがばれ、目通り禁止を言い渡されていた。寵臣が主君から離される。そのときの辛《つら》さを賢治郎は忘れていなかった。

「二度と上様に隠しごとはせぬと誓ったのであろうが」

「いたしました」

確認する阿部豊後守に、賢治郎は首肯した。

「ゆえに教えぬ。そなたには覚悟がなさすぎる」

「なにを仰せになられるか」

武士に対して覚悟がないというのは、最大の侮蔑《ぶべつ》である。賢治郎は憤《いきどお》った。

「隠しごとをしないというのは、すべての責任を上様に押しつけただけだ」

冷たく阿部豊後守が言った。

「求められて上様にすべてをお話ししました。そして上様のお言葉どおりにいたしました。さて、これで悲惨な結果が引き起こされたとしたら、その責はどこへ行く」

「…………」

「起こされたことによる成果も被害も、すべてそれを命じた者のものだ。功も責もな」

阿部豊後守が続けた。

「我ら執政が、上様に合議のうえ決定したことだけしか奏上しないのは、失策であったときに備えているのだ。失政の責を上様ではなく、我らが取る。下僚《かりょう》たちがおこした過《あやま》ちを一々上様にお報せしないのも同じ。すべて我らで止め、上様に傷をつけないためぞ」

「上様をお守りするため」

「そうよ。天下の主たる将軍に失敗は許されぬ。大政を預かる将軍のすることは、すべて正しくなければならぬ」

「無茶な」

「たしかにな。人はあくまでも人でしかなく、神にはなれぬ。生きていれば失敗もする。だが、天下万民の生殺与奪を持つ天下人には許されぬのだ。まちがいない。そう思わせねば、政はまわらぬ」

諭すように阿部豊後守が述べた。

「そのためには、贄《にえ》が要る。それが、我ら老中なのだ」

「失政の責を取る」

「うむ。なにかあれば、役目を放たれ、家を潰される。いや、腹を切るだけの覚悟を持つものだけが、老中という役を担える」

阿部豊後守が強い語調で告げた。

「わかるか、これも寵臣の役目よ。上様のお身代わりになれる。これは、寵臣だけの特権でもある」

「寵臣の特権……」

「それをそなたは捨てた。すべてを上様にお話しすることで、責任まで預けてしまった」

「そんなつもりは……」

賢治郎は否定しようとした。

「いいや、どう言いつくろおうとも、そうなのだ」

はっきりと阿部豊後守が断じた。

「安心しろ。それを咎《とが》め立てる気はない。咎めなければならぬならば、とうにそなたを上様から引き離している」

「引き離す。そのような……」

「上様が許されぬか。ふん。甘いな」

阿部豊後守が笑った。

「そなたを小納戸役からはずすだけが、上様のお側から離す方法ではない」

目を細めた阿部豊後守が殺気を放った。

「……………」

賢治郎は身構えた。

「そう。死んでしまえば上様といえども、どうなさりようもないだろう。そなたがどれだけ剣を遣えようが、数で押し包めば勝てる。いや、そこまでせずとも、鉄砲を三丁用意すれば殺せよう」

阿部豊後守が淡々と口にした。

「つっ」

賢治郎は唇を嚙んだ。

どれほどの名人上手であろうとも、対処できる人数には限界がある。その限度をこえた数で襲われれば、負ける。

また剣術は、飛び道具と相性が悪い。とくに威力の大きい鉄砲は厄介《やっかい》であった。剣の届かない間合いから、目に見えない速度で飛んでくる鉛玉を防ぐ技など、どこの流派にもない。

「安心しろ。そなたを排除するつもりはない」

「……ほっ」

肩の力を賢治郎は抜いた。

「いまのところな」

「なっ……」

付け加えられた一言に、賢治郎は絶句した。

「当たり前だ。そなたが上様にとって害でしかなくなったとき、余はそなたを排除する。遠慮なくな。それが家光さまより家綱さまのご傅育を託された余の使命である」

「…………」

賢治郎は黙るしかなかった。

「上様に嫌われる覚悟ができるまで、そなたはなにも知るな。なにも聞くな」

「それでは、上様をお守りできませぬ」

「今でも、守っておるまいが」

厳しく阿部豊後守が断じた。

「上様のお身体は、小姓番たちが、お心は我ら執政衆がお守り申しあげている。そなたは、ただお側にいるだけ」

「聞き捨てなりませぬ」

己のよりどころを否定された賢治郎は気色《けしき》ばんだ。

「違っているか。そなたは、上様に報せずともよい話をする。それで上様が呻吟《しんぎん》されることになってもな」

「報されず、なにもわからないままが、よいと言われるか」

賢治郎は膝を立てて、阿部豊後守への敵愾心《てきがいしん》を露《あら》わにした。これ以上言えば、ただではすまさぬとの意思表示であった。

「世には知らぬほうが幸せなこともある」

「天下人とは、それを含めて治めなければならぬのではございませぬか。知らぬまま切り捨ててよいことなど、ありますまい」

「若いな」

言い返した賢治郎に阿部豊後守が鼻先で笑った。

「人の心のままで、天下すべてを受け止められるわけなかろうが。天下とは、それだけ広く、大きいのだ。もし、一人で天下を支えようとしたら、壊れる。代々の将軍家を壊さぬために、老中がいる。そして、老中が一人でないのも、そのためだ」

阿部豊後守が語った。

「帰れ。これ以上そなたと話しても無駄だ」

話は終わりだと、阿部豊後守が手を振った。

「……わかりましてございまする」

小納戸が老中に食い下がるにも限度があった。賢治郎は腰を上げた。

「上様を支える覚悟。もう一度考えるがいい。御台所さまは、覚悟をお持ちであったぞ」

阿部豊後守が、背を向けたままで言った。

阿部豊後守の屋敷を後にした賢治郎は、夜道を急ぎながら考えていた。

「御台所さまは覚悟を見せた……」

賢治郎は阿部豊後守が最後に聞かせた言葉の意味を探っていた。

知恵伊豆と並び称された阿部豊後守が、なんの意図もなく口にするはずはない。聞かせようとしたのだと、賢治郎は悟っていた。

「御台所さまの覚悟」

もう一度賢治郎は繰り返した。

家綱の正室は、伏見宮貞清《さだきよ》親王の第三王女である。浅宮顕子と称され、明暦《めいれき》三年、まだ世継ぎであった家綱のもとへ嫁《か》した。すでにこのとき十八歳と、身分ある家柄としては晩婚であった。

「上様よりお一つ歳上であらせられるが……」

長く側室を設けなかったほど、顕子と家綱の夫婦仲はいい。

「どういう意味なのだ」

屋敷に帰り着くまで悩んだが、賢治郎は答えを出せなかった。

江戸の町の目覚めは早い。それは城内も同じであった。宿直《とのい》番が動き出し、夜明けとともに静かだった江戸城がにぎわっていく。

もっとも最初に稼働し始めるのは、将軍の朝食を受け持つ御広敷台所である。将軍の朝餉《あさげ》までに、飯を炊き、汁を作り、菜を用意しなければならないのだ。それこそ夜明け前から、大奥の役人たちがあわただしく作業し始める。

「御台所さま、お湯浴《ゆあ》みの水でござる」

明け五つ（午前八時ごろ）御広敷七つ口に黒鍬者が十数名集まった。

「しばし待て」

七つ口を管轄する御広敷番が、黒鍬者を制した。

「……八、九、……十二。十二人にまちがいないな」

「相違ございませぬ。桶《おけ》二十でございまする」

一郎兵衛が答えた。

大奥にもちこむものは、なんであれ取り調べを受けるのが決まりであった。

「桶二十だな。よし、通ってよいぞ」

かといって御台所の用は別格であった。桶の中身はいっさい検閲をうけることなく、大奥へと入った。

「お春屋《つきや》の水でござる。お通しなされよ」

先頭に立って一郎兵衛が声を張りあげた。

これは、男として数にいれられていない黒鍬者とはいえ、女中との接触は厳禁されているからである。偶然廊下でぶつかっただけでも、女は放逐、黒鍬者は死罪になる。それを防ぐため、近づいていることを報せ、女中のほうから避《よ》けてもらうのだ。

七つ口を入ってまっすぐ廊下を進み、突き当たりを右に曲がれば、御台所の館になる。大奥では、御台所、将軍生母、娘、側室で子を産んだお腹さまだけが、館を与えられる。それ以外の女中たちが住む局《つぼね》とは建坪から、部屋数に至るまで大きく差があった。

「お春屋の水、こちらへ」

館の前で女中が待っていた。

「この桶へ入れや」

女中が一郎兵衛に顎で指示した。

「承《うけたまわ》って候。おい」

一礼して、一郎兵衛が配下に合図した。

入浴に給するとはいえ、黒鍬者を御台所の使う浴室に入れるわけにはいかなかった。水はすべて浴室に隣接した湯沸かし場に置かれた大桶へと移された。

「終わりましてございまする」

一郎兵衛が作業の終わりを告げた。

「…………」

無言で女中が柄杓《ひしゃく》を使って、桶の水を少量汲《く》んだ。

「飲め」

「ちょうだいたしまする」

差し出された柄杓を一郎兵衛は受け取り、水を一気に呷《あお》った。

「…………」

しばらく女中がじっと一郎兵衛の様子を見守った。

「大事ございませぬ」

一郎兵衛が胸を張った。

毒味であった。飲み水として使わない風呂の湯とはいえ、御台所の肌に触れる。毒など混入されていては大事《おおごと》である。

「よろしかろう」

「では、これにて」

一郎兵衛が頭を下げた。

「七郎《しちろう》」

「うむ」

小声で一郎兵衛が合図し、黒鍬者のなかほどにいた小柄な黒鍬者が首肯した。

「お女中、なにやら鼠《ねずみ》のようなものが」

一郎兵衛が女中の背後を指さした。

「な、なんじゃと」

女中が後ろを向いて身構えた。

「…………」

目が逸《そ》れた瞬間、七郎が天井へと飛びついた。片手で天井の桟《さん》を摑《つか》みながら、もう片方で器用に天井板をはずし、吸いこまれるように消えた。

「どこかへ行ったようでございますな。では、ご免を」

一郎兵衛が黒鍬者を率いて、御台所の館から離れた。

「御台所さまの御用終わりましてございまする」

七つ口で、一郎兵衛が御広敷番に告げた。

「そこで止まれ」

人数と桶の数を確認した御広敷番が首をかしげた。

「十一人しかおらぬぞ」

「はい。最初から十一人でございました」

しゃあしゃあと一郎兵衛が言った。

「いや、十二人いたはずだ……」

広敷番が、確認した。

「わたくし以外、一人につき二つずつ桶を持っておりまするゆえ、桶の数は二十になるはずでございまする」

「ふむ」

言われて御広敷番が、桶を数えだした。

「たしかに……」

御広敷番が首をかしげた。

「昨日も、一昨日も十一人でございましたが」

「そうであったか。よかろう、出て行け」

毎日のことだ。今まで異常なしに来ている。慣れは人を落とす。それ以上御広敷番はこだわらなかった。

「任せるぞ、七郎」

七つ口を背後にして、一郎兵衛が呟いた。

天井裏に忍んだ黒鍬者七郎は、しばらく動かず、気配を絶った。

大奥は伊賀者の範疇《はんちゅう》であった。伊賀組の一つ御広敷伊賀者が、大奥の警衛を担っていた。

御広敷伊賀者は伊賀組のなかで最大の規模を誇る。他の伊賀者が六名からせいぜい十数名までなのに対し、六十名をこす同心を抱えていた。それだけ幕府は御広敷伊賀者の役目を重要視している。それだけに腕利きが集められていた。

「……………」

かなり長く様子を見ていた七郎が、静かに動き出した。

「御台さま、お身体のお具合はいかがでございましょうや」

七郎の耳に女中の声が届いた。

「よいぞよ」

顕子の返答も聞こえた。

「この下か」

七郎がほくそ笑んだ。

「…………」

這《は》うように近づいた七郎が、天井板に手をかけた。

「そこまでだ」

不意に背後から声がした。

「…………」

あわてて七郎が振り返った。

「くくく」

「ふふふふ」

七郎の回りを四人の伊賀者が囲んでいた。

「いつの間に……」

近づかれたことに七郎はまったく気づかなかった。

「わからぬのも当然だの」

「近づいたのではない、そちらから入ってきたのよ」

伊賀者が含み笑いをした。

「待ち伏せされた……」

七郎が愕然《がくぜん》とした。

「感づきもせず、のこのこと、本当に来るとは思わなかったぞ」

「黒鍬者だからな。やはり、忍の亜流は使いものにならんな」

「……つっ」

話している伊賀者の間を抜けようと七郎が跳ねた。伊賀者は動かなかった。

「よし」

うまく通過したとほくそ笑んだ七郎が音もなく天井裏を駆けた。

「愚かな。逃げられるつもりでおるぞ」

「へんに抵抗されるより、楽でいいではないか。御台さまの頭上で騒ぎを起こすわけにはいくまい」

「確かにな」

「さて、後は邸《やしき》ら別働隊に任せよう。我らはここにいて御台さまのお館を守らねばならぬ」

伊賀者の気配が闇《やみ》に溶けた。

七郎は必死に逃げた。お春屋の水を運びこんでいるのだ。御台所の館から七つ口がどちらにあるかなど、熟知している。迷うことなく、七郎は七つ口へ天井裏を走った。

「もうよかろう。ここならば御台さまのお館まで、音は聞こえまい」

「うむ」

あと少しで七つ口近くまで来た七郎を声が出迎えた。

「……どこだ」

足を止めた七郎が怒鳴った。

「静かにせぬか。見つかれば、我らは大奥警固ゆえ咎められぬが、黒鍬はただですまぬぞ」

「うっ」

七郎が絶句した。

「後少しだったものを……」

「御台さまのお側を血で汚《けが》すわけにはいくまい。追いこまれたのだ、おまえは」

悔しげな七郎に、伊賀者が鼻先で笑った。

「くそっ」

七郎が懐《ふところ》から苦無《くな》いを取り出して、声がした方へ投げた。苦無いは木の葉形をした鉄片の周囲に刃を付けたような道具である。先が尖っていることから、手裏剣としても、のこぎりとしても使える。山師にその祖を持つとされる黒鍬者にとって、使い慣れた道具であった。

「姿を見つけもできないくせに、無駄使いを。鉄でできた苦無いは高いのだぞ」

伊賀者が嘲《あざけ》った。

「遊ぶな、さっさと終わらせろ。豊後守さまに叱られるぞ」

「豊後守だと」

名前を聞いた七郎が唖然《あぜん》とした。

「おまえたちのすること、館林の者どもが思いつくようなことを豊後守さまがお気づきでないとでも思ったのか」

「……罠か」

七郎の身体から力が抜けた。

「罠というより、次はないとの警告だ。おまえが帰らなければ、いかに愚かな黒鍬者といえども気づくだろう」

伊賀者が湧いた。

「ならば、せめて一人でも道連れにしてくれる」

懐から短刀を抜いて、七郎が影へ飛びかかろうとした。

「……かはっ」

踏みだそうと前へ傾いた姿勢のまま、七郎が死んだ。

「前に出たなら、後ろを警戒しろ。伊賀なら子供でも知っているぞ」

後ろから七郎の首を、忍刀で突いた伊賀者があきれた。

「死体はどうする」

「見せしめにするより、こちらで始末したほうがいいだろう。生きていて捕まっていると思わせれば……」

「いろいろ聞き出されていると勘違いするか」

七郎の死体を見下ろしながら、伊賀者の一人が納得した。

「死人も使うのが伊賀の技よ」

「……なあ、邸」

「なんだ」

「御台所さまのご懐妊は……」

「言うな。伊賀はそれを知らずともよい。長く家を続けたければ、見てはいけぬもの、聞いてはならぬものに近づかぬことだ」

邸と呼ばれた伊賀者が首を左右に振った。

「……そうだったな」

問うた伊賀者が首肯した。

第三章　師の教え

一

　七郎の失敗は翌日には知れた。

「現れぬ」

　一郎兵衛は、水を桶に移しながら苦い顔をした。

「七郎には確認だけでいいと命じたのであろう」

　隣にいた黒鍬者がささやいた。

「ああ」

　頬をゆがめたままで、一郎兵衛がうなずいた。大奥の天井裏へ忍ばせた七郎の任は、御台所顕子の懐妊を確認するだけで、翌朝の水運びに紛《まぎ》れて脱出の予定であった。

「やられたな」

わざといつもよりゆっくり作業させていたが、水の移動でそんなにときも稼げない。

「……終わりましてございまする」

一郎兵衛は見張りの女中に一礼し、いつものとおり毒味をすませて御台所の館を去った。

「…………」

七つ口を含む御広敷は伊賀者の手のなかにある。どこに耳目があるかわからない。

一郎兵衛は無言で、御広敷から離れた。

「小頭《こがしら》よ」

御広敷御門を出て、後ろに控えていた黒鍬者が口を開いた。

「伊賀者にやられたのだな」

「ああ」

一郎兵衛が肯定した。

「甘く見ていたか」

「だな。伊賀者が我ら黒鍬の隠行《おんぎょう》に気づくとはな」

黒鍬者の祖先は、戦国大名で甲州を支配していた武田家の山師であった。甲州の深い山に入りこんで鉱山を探すのが主たる任であったが、ときには敵の城の地下にもぐら穴を掘って崩すなどもおこなった。

敵の城に近づくのだ。見つかっては話にならない。また、山中で鉱山を探すときも、熊や狼に気取《けど》られないようにしないと命が危ない。

黒鍬者は、気配を殺すのをなにより得意としていた。

「七郎はとくに隠行を得意としていた。だからこそ、このたびの任に選んだのだが」

一郎兵衛が唇を噛んだ。

「伊賀への対応を変えねばならぬな」

「ああ。御台所さまのお側に潜むのも見合わせるしかない」

「桂昌院さまに叱られるな」

「逸らせばいい」

配下の言葉に、一郎兵衛が応じた。

「できるのか」

「簡単なことだ。館林さまの敵は、将軍だけではないからな。先にそちらを排除するといえば……」

「甲府を襲う」

「だけではないが、まず第一は甲府だな」

一郎兵衛が、桂昌院の敵意を利用すると述べた。

賢治郎の剃刀《かみそり》を頭に感じながら、家綱が口を開いた。

「のう……」

刃物を扱っているときに、いきなり本題を語るのは危ない。内容によっては賢治郎に衝撃を与えるかも知れないからだ。驚かして刃先がずれれば、己が危ない。家綱から話があるとき、かならず最初に合図があった。

「なんでございましょうや」

すっと賢治郎が剃刀を離した。

「頭子のことだ」

「御台所さまの……ご懐妊なされておられましたか」

賢治郎は喜びの声をあげた。

「……違う」

家綱が否定した。

「豊後からな、焦るなと叱られたわ」

「阿部豊後守さまが」

「おうよ。顕子は細いゆえな。あまり丈夫ではない。お産は女の大役である。大役は大厄につうじる。身体にかなりの負担がかかっている顕子に、躬《み》が期待という圧力をかけてはならぬとな。顕子から躬に直接報告があるまで待てと注意されたわ」

明るく家綱が告げた。

「気づきませなんだ。わたくしが申しあげるべきでございました」

賢治郎は気遣いの足りなさを痛感した。昨夜阿部豊後守から受けた叱責《しっせき》も当然だと納得した。

「なにを言うか」

家綱が笑った。

「まだ嫁もおらぬそなたが、女のことで躬に意見をするだと」

「…………」

賢治郎は沈黙した。

「躬が意見をしてやろう。賢治郎、そなたもいい加減、妻を娶《めと》れ」

「…………」

婿養子になる立場である。返答に賢治郎は困った。

「賢治郎。躬が妻を世話してやろうか」

急に家綱が笑いを消した。

「上様」

その意味を賢治郎は悟った。

「いつまでも中途半端なまねを続けているわけにはいくまい」

家綱が首を後ろへ曲げた。

「居所を奪われるのが怖いか」

「……つっ」

賢治郎は息を吞んだ。

「主馬と深室から守れぬほど躬は頼りないか」

寂しそうに家綱が言った。

「たしかに前回は助けてやれなかった」

お花畑番として家綱のお気に入りだった賢治郎は、兄主馬によって身を退《ひ》かされた。だけでなく、家から放り出され、格下の家へ養子に出された。そのとき、元服もしていなかった家綱には力もなく、なにもできなかった。

「だが、今は違うぞ。躬には主馬を改易とすることもできるし、深室に隠居を命じることもできる。いや、そなたを新規召し出すこともできる」

家綱が力強く述べた。

「上様……」

賢治郎は感極まった。

「思い通りにいたしていいのだ。そなたは。そなたの無理を通してやるくらいの力はある。躬を頼れ」

「かたじけなきお言葉」

剃刀を置いて、賢治郎は平伏した。

「躬の子供のためにもな」

「上様の和子《わこ》さま……」

賢治郎が首をかしげた。

「そなたの子供を躬の子供につけてやりたいと考えてはいかぬか」

「なんと仰せ……」

二代にわたって寵臣としてやると言われたのだ。賢治郎は感激で最後まで言えなかった。

「わかったならば、さっさと嫁を娶り、子を作れ」

「はい」

賢治郎はふたたび頭を下げた。


城を下がった賢治郎は、その足で桜田御用屋敷へ向かった。

「上様のご信頼に応《こた》えるためにも、ご治世を邪魔する者を片づけておかねばならぬ」

家綱の温情が、賢治郎を鼓舞していた。

桜田御用屋敷は、江戸城日比谷御門を出たところにある。その面積はおよそ五千坪、厳重に周囲を壁で固め、出入り口は勝手口と表門の二カ所しかなかった。

賢治郎は桜田御用屋敷表門の門番に声をかけた。

「卒爾《そつじ》ながら」

「何者であるか」

門番が問うた。

「拙者、小納戸深室賢治郎と申す」

「小納戸さま」

役目を聞いた門番の態度が変わった。身分は低くとも、小納戸は将軍近くに仕《つか》える。その影響力は大きかった。

「何用でございましょう」

ていねいな口調で門番が尋ねた。

「こちらに順性院さまがお出《い》でてござるな」

「いかにも。こちらにご滞在でござる」

賢治郎の問いに門番がうなずいた。

「お付きの方は」

「お女中衆でござるか」

門番の表情が険しくなった。

桜田御用屋敷は大奥の続きとされていた。女中と旗本の逢《あ》い引《び》きは不義密通として、成敗された。もちろん、その逢い引きを助けた者も厳罰に処された。

「いいえ。お女中ではございませぬ」

賢治郎は首を左右に振った。

「では、どなたに」

「順性院さまのご用人どのにお目にかかりたい」

「山本兵庫さまでございますか」

賢治郎の求めに、門番が言った。

「山本どのといわれるか。おいでかの」

「しばし、お待ちを」

門番がなかへ引っこんだ。

「そう言えば、かつて順性院さまにお目通りいただいたな」

小納戸月代御髪になったばかりのころ、賢治郎は順性院から呼び出され、味方になるようにと誘われた。

「あのときの女中どのは、まだお側におるのだろうな」

味方になる条件として、差し出された女中はかなりの美形であった。

「お待たせをいたしました。あいにく、山本さまはお留守でございました」

帰ってきた門番が告げた。

「それは残念であった」

「なにか、お伝えいたしましょうや」

門番が気を遣った。

「いや、また参りましょう。手間をおかけした」

賢治郎は桜田御用屋敷を離れた。

桜田御用屋敷の周囲は名門大名の上屋敷がひしめく。上屋敷は藩の公邸でもある。他藩からの使者もくれば、客の出入りも激しい。また、上屋敷は藩の顔でもある。門番として立っている者も中屋敷や下屋敷のように、気を抜いてはいない。少しでも目立てば、すぐに誰何《すいか》の声が飛んでくる。

桜田御用屋敷の出入りを見張るために、立ち止まるわけにはいかなかった。

「やむを得ぬ。機会を待つしかないな」

賢治郎は屋敷へと足を進めた。

「あれは……」

賢治郎の背中を、日比谷御門から出てきた山本兵庫が認めた。腕の立つ剣術遣いは、一度見ただけの相手を確実に覚える。顔が見えなくともわかった。

「あやつの帰路とは違う。まさか……」

山本兵庫は御用屋敷へ急いだ。

「お帰りなさいませ」

門番が出迎えた。

「山本さま、さきほどご来客がお見えでございました」

賢治郎の相手をした門番が、呼び止めた。

「来客だと」

「はい。小納戸の深室さまとお名乗りでございました」

「……そうか」

「つい今しがたでございました。右手のほうに行かれましたが、まだそう遠くには」

追いかけたらどうかと門番が勧めた。

「いや、御用中だ。また後《のち》ほど、こちらから訪れるとする。ご苦労であった」

山本兵庫が、門番をねぎらった。


「戻りましてございまする」

順性院の待つ部屋へ、山本兵庫が帰任の挨拶に出た。

「どうであった」

「申しわけございませぬ。満額とは参りませんでした」

山本兵庫が詫びた。

「どれだけ通った」

順性院が問うた。

「半額でございまする」

「……半分か。厳しいの。これでは、仕えてくれている者たちに十分なことをしてやれぬではないか」

先代将軍の側室で、三男綱重の生母とはいえ、代が変われば往年の権威はなくなる。将軍の寵姫として大奥で贅沢三昧《ぜいたくざんまい》をしていたころとは、ずいぶんと違う。捨て扶持と数少ない女中だけを与えられ、静かに家光の菩提《ぼだい》だけを弔《とむら》って生きていくことを求められる。それ以外で欲しいものや金ができたときは、勘定方《かんじょうかた》へ申し出て許可をもらわなければならなかった。

「情けないよの。大奥で桂昌院と張り合った妾が、百両の金も自在にできぬとは」

順性院が嘆息した。

「まあよい。五十両あれば、小者くらいは手配してやれよう。出世の道のある大奥から御用屋敷まで、妾《わらわ》に付いてきてくれたのだ。報いてやりたい」

「お優しいお言葉、わたくしどもは、お方さまのお側にいさせていただくだけで光栄でございまする」

隅に控えていた女中が、感涙にむせんだ。

「お方さま……」

表情を厳しくした山本兵庫が目配せした。

「そなた、遠慮いたせ」

気づいた順性院が他人払いを命じた。

「はい」

お付きの女中が、部屋を出て行った。用人と二人きりになる。大奥では絶対にありえないことだが、実質順性院が支配している桜田御用屋敷では日常であった。

「どうかしたのか」

順性院が訊いた。

「小納戸がわたくしを訪ねて参りました」

「……小納戸。上様の手か」

「はい」

確認する順性院に、山本兵庫が首肯した。

「何用だったのじゃ」

「申しわけございませぬ。じつは昨日……」

経緯を山本兵庫が語った。

「後をつけられたのではないのだな」

「それは大丈夫でございまする」

一流の剣士となれば、背後にも目がついているといわれるほどになる。山本兵庫が自信をもって述べた。

「なのに、来たか。誰かが教えたとしか思えぬの」

「おそらくは」

山本兵庫が同意した。

「誰であろうかの。館林の者ではないか」

「わかりませぬ」

「まずいの。そなたが妾の手の者と、小納戸に知られたとなれば、上様の耳にも届いたと考えねばならぬ」

順性院が険しい表情を浮かべた。

「…………」

山本兵庫が頭《こうべ》を垂れた。

「ただ、ここで顔を合わせておりませぬゆえ、確定はされていないと思いまする」

言いわけを山本兵庫が口にした。

「顔を見に来た……ならば、隠れればよい」

順性院は先代家光の側室であったのだ。疑いだけで処罰することは、家綱にもできなかった。

「申しわけございませぬ」

ふたたび山本兵庫が詫びた。

「しかし、痛いの。そなたが動けぬとあれば、妾は手足をもがれたも同然。どうすればよいかの」

順性院が困惑した。

「妾も館林の黒鍬者のように、数を抱えるべきか」

「それは……」

山本兵庫が詰まった。

将軍の寵愛を受けていたのだ。落飾したとはいえ、順性院の美貌《びぼう》は衰えていない。その美貌に惚《ほ》れて山本兵庫は御広敷番頭から、桜田御用屋敷用人へと自ら降格を願ってまでついてきたのだ。新たな付き人は敵であった。

「五日だけ下さりませ」

必死の形相《ぎょうそう》で山本兵庫が願った。

「どうにかしてみせると」

「してみせまする」

首をかしげる順性院へ、山本兵庫が誓った。

「信じてよいな」

順性院が山本兵庫を見つめた。

「お任せを」

ほっと山本兵庫が息をついた。

「のう、兵庫」

なにげない風で順性院が呼びかけた。

「なにか」

山本兵庫が顔をあげた。

「次の目通りは、よい話のときにの」

にこやかに笑いながら、失敗はもう許さないと告げた。

「……うっ」

山本兵庫が顔色を失った。

「下がりや」

順性院が手を振った。

二

伊賀者から報告を受けた阿部豊後守が情けなさそうな顔をした。

「ご苦労であった。これは祓《はら》い金だ。今後ともに油断せぬよう」

ねぎらいの言葉をかけて、阿部豊後守は伊賀者を帰した。祓い金とは、人を殺したという汚れを受けた者たちが身体を清める酒を買うためのものだ。

「愚かと断ずるはやさしいが、黒鍬も必死なのだろうな」

一人になった阿部豊後守が嘆息した。

「たしかに今の上様についたところで、出世はない。夢を託す相手を求めてもいたしかたないが……」

阿部豊後守が表情を厳しいものに変えた。

「誰から禄をもらっているかを忘れては話にならぬ。飼い主の恩を忘れて、他人に尾を振るような犬は、不要じゃ」

氷のような声を阿部豊後守が出した。

「長四郎《ちょうしろう》、せめてもう一年生きていて欲しかったぞ。手助けがないどころか、足を引っ張る者ばかり。深室もまだ遣いものにならぬ。せいぜい上様のご機嫌取りをさせられるていど、とても政を任せられぬ。やはり、早くにお花畑番から離れたのが悪かった」

亡き松平伊豆守を幼名で呼びながら、阿部豊後守が愚痴《ぐち》をこぼした。将軍の幼なじみであるお花畑番は、松平伊豆守の支配下にあった。家綱とお花畑番の者たちは、幼少からともに松平伊豆守による教育を受けた。事実、賢治郎以外のお花畑番たちは、すでに目付や遠国奉行《おんごくぶぎょう》に就任し辣腕《らつわん》を振るっていた。

「死人に愚痴を言ってもしかたない。御台所さまに無理をお願いできるのも、せいぜい二月《ふたつき》。その間に、馬鹿どもを片づけねばならぬ」

阿部豊後守が決意を瞳に宿した。

一郎兵衛は神田館の庭で膝をついていた。

「伊賀者の壁に防がれてしまい、御台所さまのご懐妊を確認できませなんだ」

正直に一郎兵衛は報告した。

「よくも、おめおめと顔を出せたな」

桂昌院が怒った。

「言いわけはいたしませぬ。我らが伊賀に勝てなかったのはたしかでございまする。ただ、敵の本拠地に一人で行かざるをえないという事情をご勘案くださいませ」

一郎兵衛が言った。

「情けない。失敗したのはもうよい。妾のもとへ来る暇があるならば、もう一度試みて参れ。いや、ことをなすまで繰り返せ」

桂昌院が命じた。

「本日は、お詫びとお願いに参りました」

「詫びはわかる。が、願いを言える立場か」

厳しい声音《こわね》で、桂昌院が切って捨てた。

「甲府のことでございまする」

「……なに」

桂昌院が一郎兵衛を見た。

「御台所さまだけでは、殿の障害はなくなりませぬ。最大の敵は甲府でございまする」

「ふむ」

言われて桂昌院が座り直した。

「御台所さまを害し奉《たてまつ》っても、上様がご健在であれば、いくらでも和子さまはお生まれになりまする。かといって、江戸城の奥深くから出てこられぬ上様を弑《しい》するのは、非常に困難でございまする」

「押し入ればよかろう」

「江戸城に入るには、書院番、甲賀者、小姓番をすべて抜けねばなりませぬ。それだけ突破しても、まだ小納戸がおりまする」

「それくらいはどうにかかせい」

「よろしいのでございますか」

「どういう意味じゃ」

桂昌院が不遜《ふそん》な一郎兵衛に不満を見せた。

「上様を正面から襲って害する。同じことを殿が江戸城へ入られてからされるやも知れませぬぞ。前例を作ってよろしいのでございますか」

一郎兵衛が述べた。

「な、なにを。そのようなこと、宰相さまが将軍となられたならば、より一層警固を厚くすればすむ」

桂昌院が言い返した。

「どれほど厚くしても、それを破るだけの数を集められれば同じでござる。江戸城の奥にいる将軍の命を奪えるという前例は作ってはならぬのでございまする」

「将軍の安全は揺るがないと思わせておかねばならぬというのだな」

「さようでございまする。人というのは、できないと思っているかぎり、壁を破ろうとは考えないもので」

うなずきながら一郎兵衛が述べた。

「甲府ならばよいのか」

「警固も将軍に比して薄うございまする」

一郎兵衛の声が低くなった。

人というのは声が小さくなると、聞き取ろうとして集中する。桂昌院も少しだが、身体を一郎兵衛のほうへ傾けた。

「館の奥へ攻め入るか」

「それは難しゅうございましょう」

「どうするというのじゃ」

「甲府公も登城致さねばなりませぬ。そして、江戸の道は黒鍬者のもの」

「そう言いながら、順性院を殺し損ねたではないか」

「順性院さまのときは、甲府公への嫌がらせでございました」

「妾は本気であったぞ」

桂昌院が怒った。

「順性院さまを害したところで、館林さまの利にはなりませぬ」

一郎兵衛が冷静に反論した。

「…………」

「いえ、かえって悪くなりましたでしょう。甲府はかならず復讐《ふくしゅう》として、桂昌院さまのお命を狙ってきたはずでございまする」

「妾の命を……」

やればやりかえされる。そのことに桂昌院は考えがいたっていないようであった。

「もちろん、桂昌院さまのお身体は我らが守りましょう。とはいえ、我らでも入れぬところがございまする」

「奥……」

館林の奥も、男の出入りは許されなかった。黒鍬者が大奥へ入れるのは、お春屋の水を運びこむからである。だが、お春屋の水の使用は御台所以外に許されていない。なにより、幕府の直臣《じきしん》である黒鍬者が、館林の奥へ人を出すわけにはいかなかった。

「はい」

はっきりと一郎兵衛が首肯した。

「…………」

桂昌院の顔色が白くなった。

「順性院さまを殺せば、桂昌院さまが狙われる。当然でございましょう。甲府公にしてみれば、母をやった者たちを許せませぬし、命じられた家臣たちは主命でございまする。かならず、果たさねばなりませぬ」

「……うう」

「しかし、これが甲府公となれば、話は変わりまする」

「なぜだ」

「主君を殺されてしまえば、復讐はできませぬ。主君を守れなかった家臣たちは、それぞれに罰を受けまする。切腹させられるか、放逐されるか」

「ほう」

桂昌院が身を乗り出した。

「綱重を亡き者とする。それはよかろう。主君を殺された者たちが罰を受けるのも当然であろう。だが、綱重には子供がおる。しかも男子じゃ。その者が跡を継ぎ、復讐をなすのではないか」

疑問を桂昌院が口にした。

「当歳の幼児になにができましょう。第一、父を殺された跡目を御上《おかみ》が許されましょうか」

「…………」

桂昌院が思案に入った。

「幼すぎ領主としてふさわしからず。こうして取り潰された大名は多うございまする」

「甲府は上様の弟であるぞ」

「それがなんの頼りになりましょう。神君家康さまは、己の子供に与えた領土でさえ取りあげて、潰されました」

徳川家康は四男忠吉《ただよし》と六男忠輝《ただてる》の藩を潰している。跡継ぎがない、謀反《むほん》を企《たくら》んだと理由は違うが、一門といえども格別な扱いはしないとの前例となっていた。

「……ごくっ」

大きく喉を鳴らして桂昌院が唾《つば》を呑んだ。

「たとえ、継承を許されたとしても、後見人が付くことは確実。将軍の甥御《おいご》さまの後見人になれる人物ほどのお方となれば、ご老中しかおられますまい。後見人となられたご老中さまが、先代の復讐など認められましょうや」

「いいや。老中どもは、騒動を嫌がる」

桂昌院が答えた。

「仰せのとおりでございまする。天下泰平なればこそ、老中の権は強うございまする。が、ひとたび争乱となれば、武に秀《ひい》でた者が力を持ちましょう」

泰平の能吏は乱世ではその価値を認められない。

「なにより、後見人がついているような幼子に将軍たる資格はございますまい。将軍は天下の武士を統率する。幼子に務まるものではございませぬ。野心ある者でも泰平を割ってまで、幼子の復讐を手伝いますまい」

「だの」

一郎兵衛の言葉を桂昌院も認めた。

「いかがでございましょう」

決断を一郎兵衛が求めた。

「よかろう。存分になすがいい。甲府を亡き者としたとき、今回の失策は補われる」

桂昌院が宣した。

昼前に屋敷へ戻り、三弥の給仕で昼餉をすませた賢治郎は、ふたたび外出の用意をした。

「どちらへ」

「上野の善養寺《ぜんようじ》へ参ろうと」

三弥に訊かれて賢治郎は答えた。

善養寺は、薬師如来を本尊とする寛永寺《かんえいじ》の末寺である。そこの住職巌海坊《がんかいぼう》の知人、厳路坊《げんじぼう》が賢治郎の剣の師匠であった。

「将来上様のお側に仕えることになる。太刀を帯びているより、脇差、あるいは守り刀だけの状況が多くなる」

賢治郎の亡父多門は、そう言って吾が子に太刀ではなく小太刀の術を学ばせた。そのときの師が厳路坊であった。もっとも厳路坊は賢治郎に初伝を与えるとさっさと旅に出てしまい、やむをえず賢治郎は師の同門であった巌海坊に以降の教えを請うていた。

その居なくなった厳路坊が、先日何年振りかに江戸へ戻ってきた。

おかげで賢治郎はふたたび、厳路坊の稽古《けいこ》を受けられるようになり、忙しい合間を縫って善養寺へ顔を出していた。

「お稽古でございますか。旗本としてお見事なお心がけと存じまする」

聞いた三弥が褒めた。

「行って参りまする」

礼を言うのもおかしい。なんと答えていいかわからない賢治郎は、そそくさと屋敷を出た。

屋敷から上野までは近い。小半刻（約三十分）ほどで賢治郎は善養寺へ着いた。

「今日も多いな」

善養寺の本尊薬師如来は霊験《れいげん》あらたかとして知られ、江戸中から参拝の老若男女が集まった。とくに縁日のときなど、門から人があふれ出すほどの賑《にぎ》わいになる。

「…………」

本殿の前で一礼して、賢治郎は裏の庫裏《くり》へと向かった。

「ご免を」

「賢治郎か。入れ」

なかから巌海坊の声がした。

「師は……」

来る途中の裏庭にも姿がなかった巌路坊のことを賢治郎は問うた。

「また旅に出られたぞ」

「えっ……」

巌海坊に言われて、賢治郎は絶句した。

「江戸の人に酔った。しばらく人気のない山に籠《こ》もると、一昨日の朝にな」

「…………」

報せもなくいなくなった師に、賢治郎は唖然とした。

「いつものことだ。そのうち戻って来るであろう。気ままができるのはよいなあ。愚僧のように寺を預かってしまうと、修行に行きたくとも出られぬ」

うらやましそうな表情を巌海坊が浮かべた。

「そう捨てられた犬のような顔をするな。前髪のあるころならかわいげもあるが、大人になった男がしても気持ち悪いだけぞ」

巌海坊があきれた。

「稽古だろう。また、愚僧がつけてやる」

「……お願いいたしまする」

「庭へ出るぞ」

気落ちした賢治郎を巌海坊が促した。

「来い」

小太刀を模した小型の木刀を厳海坊が構えた。

「……お願いいたしまする。やあぁ」

賢治郎は厳路坊のことを頭から振り払って、気合いをあげた。

剣の稽古は、雑念をもってなすべきではない。初めて厳路坊のもとで稽古をつけてもらったときに言われ、その後身体をもってたたきこまれた。稽古中に少しでも気を散らせば、厳路坊は遠慮なく、賢治郎を打った。痛みを伴った訓練は、賢治郎の心体に刻みこまれていた。

「無我の境地とは、必死の思いなり。死にたくないとだけ考えろ。どうやって剣を振ろうとか、足運びはこうするとか、脳裏に浮かべるな。人は生きたい。これが本能だ。本能は思案をこえたうえで、身体を動かす。それに逆らうな。剣を持ったなら、手足に任せろ。頭はなにもするな」

厳路坊の教えである。

「なにも考えないと」

「そうだ。獣《けもの》が獲物を襲うのと同じよ」

聞き直した賢治郎に、厳路坊が首肯した。

「大義名分をいかに振りかざしても、真剣の戦いは殺し合いだ。大義を持つ者が勝つとは限らぬ。わかるな。戦いに理由を求めるな。抜いた以上は相手を倒せ。死んだ者に大義名分はない。歴史はすべて勝者が作ってきた。徳川に滅ぼされた豊臣は、かつての栄耀栄華の一端さえ残されていない。徳川の世に在ることとさえ許されない。それが当然なのだ。剣術遣いも同じ。いや、もっとたちが悪い」

「それ以上だと」

豊臣と徳川に比すよりも悪いとの言葉に賢治郎は目をむいた。

「剣術遣い同士の戦いは、個と個のものではない。かならず後ろに流派がある」

「流派が……」

「そうだ。新陰《しんかげ》剣士と念《ねん》流《りゅう》弟子が戦う。この結果、生き残った者の流派が、負けた者の流派よりも優れているとなる」

「個々の腕や技ではなく……」

「それが世間というものだ。そして、勝負の結果を利用する者がいる。己の都合のよいように、結果をゆがめる。まちがっているとしても、それを訂正する敗者は、すでにこの世にいない。こうして、ゆがんだ話が、事実となって根付いていく」

厳路坊が述べた。

「弟子のおまえが負けるというのは、儂《わし》が負けるも同じ。そして、上様のお側にいるおぬしが負ければ、刺客が次に襲うのは……」

わざと厳路坊は最後まで言わなかった。

「……上様」

まだ子供だったが、賢治郎も家綱の命がどれほど重いかはわかっていた。

「死ぬのは、いつでもできる。上様を守りきれなかったとき、腹を切ればいい。だが、おまえが先に死ねば、守ることも責任を取ることもできないのだ。肚《はら》を据えろ」

幼い賢治郎を大人と同じように厳路坊が鍛えた。

「行きます」

賢治郎は厳路坊の訓令を思い出し、目の前の厳海坊に集中した。

稽古は試合とは違う。教えてもらうほうがじっとしていては、話にならない。賢治郎は木刀を下段に変えて、前へ出た。

小太刀最大の欠点は、刃渡りが短いことだ。かなり相手に近づかないと切っ先が届かない。敵が槍《やり》でなくとも、太刀でさえ、相手の支配する間合いに踏みこまなければ、一方的にやられるだけで、勝負にもならなかった。

欠点は、裏返せば利点となる。太刀よりも軽い小太刀は取り回しやすい。軽さは、疾《はや》さにもつながる。小太刀は疾さで勝つ。敵の太刀よりも早く動けば、当たらない。必殺の一撃も当たらなければ意味がなかった。そして、かわせないほどの疾さの乗った小太刀を繰り出せれば、勝利はまちがいない。

「ふん」

踏みこんできた賢治郎に対し、ぎりぎりの呼吸で巌海坊が半歩左にずれた。

「くっ」

はずされた一刀を賢治郎は力任せに止めた。

精一杯振った一撃は、当たらなければそのまま流れていく。太刀のように大地に切りこむほどの長さはないとはいえ、小太刀を流してしまえば己の身体を傷つけかねない。なにより、小太刀に振り回されては、体勢を崩す。

「ぬん」

巌海坊が木刀を小さく振った。

「……なんの」

無理して止めた木刀を賢治郎は上げた。木刀同士が当たり、甲高《かんだか》い音を立てた。

「えいっ」

ぶつかった衝撃で跳ねた木刀を、巌海坊が引くようにして上段へと構えを移した。

「おうやあ」

賢治郎は腰を落として、巌海坊とは逆に下から伸びるようにして斬りあげた。

「………」

無言で、巌海坊が後ろに引いた。

「ぬえいい」

大きく踏み出しながら、空《くう》を切って天を指した木刀を賢治郎は落とした。

「甘いわ」

腰を折った巌海坊が頭から突っこむような形で突っこんできた。腰から下への攻撃は対応が難しい。

「くああ」

前へ出るため、体重を傾けていた賢治郎はかわせなかった。したたかに臑《すね》を打たれて、賢治郎はうめいた。

「参りました」

「これまで」

降参した賢治郎へ、巌海坊が稽古の終わりを告げた。

「重心を動かすのが早すぎる。相手の動きを見てからでいいのだ」

巌海坊が講評をした。

「もう一つ、一撃必殺を狙いすぎじゃ。わずかにかするだけでもいい。傷は血を流し、相手の体力を奪う。そして与えられた痛みは、勝てないのではないかと気を萎縮《いしゅく》させる。手数を惜しむな」

「心いたしまする」

「井戸で身を清めたら、本堂へ来い」

汗一つかいていない巌海坊がそう言って庫裏へと帰った。

「焦り……」

巌海坊の諭しを賢治郎はしっかりと理解していた。

三

庫裏の裏にある井戸で、もろ肌脱ぎになって賢治郎は水をかぶった。着物が濡《ぬ》れるが、気にしなかった。

「ちゃんと拭《ふ》け。愚か者」

濡れた衣服で本堂へ入った賢治郎を巌海坊が叱った。

「申しわけありませぬ」

言われて賢治郎は手ぬぐいを出した。

「さて、どうした」

「…………」

賢治郎は言えなかった。巌海坊は師の代わりであったが、師ではなかった。どうしても遠慮が出てしまう。

「師なら言えても、拙僧には言えぬか」

巌海坊が賢治郎の瞳を見つめた。

「のう、賢治郎。巌路坊どのはどうして消えられたと思う」

沈黙する賢治郎に、巌海坊が問うた。

「……わかりませぬ」

「二度目だぞ。前を思い出せ」

「前回……」

言われて賢治郎は目を閉じた。

かつて巌路坊が姿を消したのは、賢治郎が深室へ養子に出ると決まってからであった。

「あのとき、賢治郎は巌路坊どのになんと言った」

巌海坊が尋ねた。

「……剣に生きたいと」

賢治郎は思い出した。

兄から松平の家を出されると告げられたとき、賢治郎は家綱との絆《きずな》が切れたと思いこんだ。一日を過ごし、同じ夜具のなかで寝る。主君でありながら、身近であった家綱を賢治郎は、仕えるべき相手としてだけでなく、幼なじみとして大切に想っていた。

将来は、将軍となった家綱の側でその治世を支える、天晴《あっぱ》れ名君として家綱の名前を天下に知らしめるのが、己の役目だと考えていた。

たぶんに父多門の、家綱に仕えるのが、賢治郎の生涯だという教えに影響は受けていたとはいえ、そう思っていたのは確かであった。

そうなるはずだった。しかし、腹違いの兄の嫉妬《しっと》で賢治郎の夢は断たれた。寄合三千石の松平家だからこそ、将軍世子近くにいられた。だが、深室家は五百石でしかない。賢治郎を婿養子に受け入れることで、当主作右衛門が留守居番となり、加増を受け六百石となったところで、格が違う。

旗本とはいえ六百石ていどでは、目通りを願ったところで、まずかなえられない。家督相続の目通りでも、三千石の松平家ならば、一人だけでおこなわれるが、六百石内外は一定数集まっての集団目通りとなる。それも、黒書院の間や白書院の間を使ってではなく、廊下で平伏しているところを将軍が通過するだけという、目通りとは到底いえない簡略なものだ。とても家綱と言葉を交わすことなどできない。

先がないと絶望した賢治郎は、厳路坊に剣の道で生きていきたいと訴えた。

「そうか。わかった。いろいろ準備もある。今日は帰り、明日の夕方、上野の善養寺へ来い」

旗本の身分を捨てるという賢治郎に厳路坊はうなずいた。そして、翌日善養寺へ行った賢治郎は、厳路坊の出奔を知らされた。

「思い出したようだな」

苦く顔をゆがめた賢治郎に、巌海坊が声をかけた。

「あのとき、賢治郎はいなくなった師に呆然として、なにもできなかった。愚僧に理由さえ問わず、悄然《しょうぜん》として帰った。今ならわかるであろう」

「はい」

うなずいて賢治郎は続けた。

「逃げようとしていたからでございまする。身辺の激変に耐えかねて、わたくしは逃げようといたしました」

「わかったではないか。では、今回はどうだ。逃げようとはしておるまい」

「もちろんでございまする。わたくしに逃げは許されませぬ」

きっぱりと賢治郎は宣した。

「ならば、今回もわかるはずだ」

「今回も……」

　賢治郎は首をかしげた。

「また、襲われたのであろう」

　巌海坊は見抜いていた。

「……はい」

「昨日だろう。それも下城すぐに御台所さまの件で」

「なぜそれを……」

　日時まであてられて、賢治郎は驚いた。

「噂くらい耳に入っておるわ。御台所さまがご懐妊なされたそうだな」

「御坊のもとにも」

　賢治郎は目をむいた。

「愚僧はこれでも寛永寺の僧侶の一人ぞ。寛永寺は将軍家の祈願寺である。将軍家に吉あれば守り、凶あれば祓う。それが役目だ。御台所さまのご懐妊といえば、将軍家にとって最高の吉事であろうが。寛永寺が知らぬはずなかろう」

「お城からお報せがございましたか」

思わず賢治郎は問うた。

「あほう」

巌海坊があきれた。

「その有りさまでは、そなた、御台所さまのご懐妊を知らぬであろう。上様のお側に仕えるそなたが知らぬことを、いかに寛永寺とてわかるはずないわ」

「では……」

「噂だけよ。寛永寺は増上寺と覇を争っている。我らが祈願寺ならば、向こうは菩提寺だ。格ならば、宮さまを門跡《もんぜき》にいただく我らが勝るとはいえ、実質は菩提寺のほうが優遇されている。なにせ、向こうには、毎年どころか命日ごとに幕府から金が入る。こちらは与えられた寺領とたまさかにおこなわれる祈願の祈禱料《きとうりょう》だけ。名では勝ち、実では負けている状態よ。この現状を打破するには、徳川家により深く食いこむしかない。そのために、寛永寺はいろいろと手だてを打っている。城中にも大奥にも伝手《つて》はある」

裏の事情を巌海坊が語った。

「お城坊主……」

巌海坊の言う手だてに賢治郎は思い当たった。

お城坊主とは、城中の雑用を一手に引き受ける者である。禄は少ないが、雑用をこなすたびに心付けをもらうため、かなり裕福であった。また、城中のどこにでも出入りできるため、いろいろな噂を耳にする機会が多かった。

「そうだ。一昨日の夜には、届いていたわ」

巌海坊が認めた。

「話がそれたな。寛永寺の事情など、そなたが知ってもどうしようもないことだ」

「はい」

賢治郎も同意した。

「さて、そなたは昨日襲われた。そして、そいつは、そなたにいきなり斬りかかったのではなく、御台所さまのご懐妊が真かどうか問うた。そうだな」

「…………」

黙って賢治郎は首肯した。

「逃がしたのだろう」

「……逃がしました」

賢治郎は頬をゆがめた。

「わかっているか。敵を倒すのではなく、生かしたまま捕らえるということの難しさを」

「承知しているつもりでございまする」

確認されて賢治郎は答えた。

「一枚上手《うわて》ていどでは無理だ。少なくとも二枚は上回っていなければならぬ。相手が免許ならば、こちらは皆伝《かいでん》以上いる」

巌海坊が告げた。

「生かしたまま捕まえて、裏を突き止めようとしたのだな」

「さようでございまする。御台所さまのご懐妊を力ずくで訊きだそうなどとする輩《やから》は、上様の敵以外の何者でもございませぬ。また、剣を取って立ち向かってくる連中は、走狗《そうく》。わたくし同様の手足。いくら倒したところで、本体には届きませぬ。捕まえて、命じた者の名前を白状させればと考えました」

賢治郎は己の考えを述べた。

「少し賢くなったと褒めてはやろう。少し前のそなたならば、身に降りかかる火の粉《こ》はすべて払っていたからの」

　少しだけ巌海坊が笑った。

「とはいえ、相手に負けはしなかったが逃がしてしまった。そこで、そなたは師に、敵を捕まえるだけの技を伝授してもらいに来た」

「はい」

「……さすがは巌路坊どのよな。しっかり見抜いておられたわ」

　大きく巌海坊が嘆息した。

「賢治郎、最近、稽古に来ていなかっただろう。巌路坊どのが江戸へ戻られた当初は毎日のように通ってきていたのにの」

「……なにかと多忙でございましたので」

　賢治郎が言いわけした。

「そこよ」

「……えっ」

　指摘されて賢治郎は息を呑んだ。

「巌路坊は、そなたが新たな壁に当たると予想されていたのだ。人というのは勝手なものだ。いつもそこにあると思えば、ぞんざいになる。当初久しぶりの師に、そなたは勢いこんで稽古を願った。が、それも慣れてくるといつでも稽古にいけると考える。剣の稽古は欠かしてはならぬ。一日剣を振らねば、それだけ鍛えた肉は落ち、研ぎ澄ました感覚も鈍る。わかっていながら、そなたは稽古をなまけた。もちろん、理由はあったろう。とはいえ、何日も来る暇がないわけではなかろう。そなたは甘えたのだ。また師に。いつでもここに来れば、教えていただけるとな。その気配を厳路坊どのは見抜かれたのだろう」

「…………」

賢治郎は言葉を失った。

「ありがたいと思え。師がそなたを叱ってくださったのだ」

「しかし……」

説教をする巌海坊に賢治郎は食い下がった。

「たわけがっ」

鋭く巌海坊が怒鳴りつけた。

「そろそろ独り立ちをしろとの師の意思をなんと思うか」

「独り立ちせよと」

「そうだ。いつか弟子は師のもとから巣立っていく。子が親元から離れていくようにな。これは摂理なのだ」

巌海坊が続けた。

「いつまでも頼っていては、決して師はこえらえぬ」

「師をこえよと言われるか」

賢治郎は巌海坊に問うた。

「こえねばならぬ。それは弟子の仕事であり、抜かれるのは師の宿命である」

巌海坊が答えた。

「宿命……」

重い一言に賢治郎は息を呑んだ。

「人は代を継いでいくほど、発展しなければならぬ。親よりも子が、子よりも孫が、前に進むから、人は生き続けてきた。考えてみるがいい。かつて人は、山に空いた天然の洞窟《どうくつ》に住み、木の実や魚などを捕って生きてきた。それが、家を建てるようになり、米を作り、獣を追い払って、生活できる範囲を広げてきた。もし、師をこえられないのなら、未《いま》だに人は、着の身着のまま、明日の食事を心配していなければならぬ」

巌海坊が語った。

「代を継ぐほど優秀な弟子を作らねばならぬ。それが師の義務である。それができなかった流派は滅びるしかない」

事実、名人上手と言われた剣豪たちの創始した流派の多くが途絶えていた。剣を学ぶ者として、賢治郎もそれくらいは知っている。

「師は己の知るすべてを弟子に伝える。そこまでなのだ。そこから先は、弟子が一人で模索していくしかない。それができぬ限り、弟子は師の模造品で終わる」

「ここからは、一人で道を拓《ひら》けと」

「違う」

巌海坊が首を振った。

「えっ」

「一人でできることなどしれている。ときには他人の力を借りねばならぬこともある」

「ではなぜ、師は姿を消された」

「最初に言ったな。そなたが独り立ちできぬからだ」

賢治郎の疑問に巌海坊が述べた。

「のう、賢治郎よ」

巌海坊が声を和《やわ》らげた。

「そろそろ流されるのを止《や》めぬか」

「……うっ」

賢治郎は脳天に一撃をもらったような衝撃を受けた。

「今までそなたの生涯は他人によって決められてきた。お花畑番となったのも、小太刀を学ばされたのも父多門どのの指示、お花畑番を辞めさせられ、深室へ出されたのは兄主馬どのの仕業《しわざ》、そして小納戸月代御髪として引きあげてくださったのは上様の手。人生を決定するできごとのすべてに、そなたの意思は含まれていない」

「ですが、それらは……」

「しかたのないことだと言いたいのはわかる。では、訊く。そのどれかにでも、そなたは抗《あらが》ったのか」

「うっ……」

「子供だったからというなよ。五歳に満たぬ童《わらべ》でさえ、嫌なことは泣いて抵抗する。そなたは、泣いたのか」

「……いいえ」

「あきらめたのだろう。どうしようもないとな」

「…………」

賢治郎は反論できなかった。

「そなたの周囲にある力はどれも強い。寄合旗本の当主、養父、老中、そして将軍。抗いがたいのはわかるが、もう一人の大人として、己の力を振るってもよいと思うぞ」

「…………」

「厳路坊は、それを最後の教えとして残されたと愚僧は思う。もっともどのように受け取るかは、そなた次第」

言い終えた厳海坊が、身体を動かして本尊へ正対した。

「南無薬師如来……」

おごそかに巌海坊が読経《どきょう》を始めた。

「……失礼いたしまする」

しばらく聞いていた賢治郎が一礼して、立ちあがった。

「おん、びせいぜい、びせいぜい……」

巌海坊は振り向かなかった。

四

山本兵庫は、深室家の屋敷を見張っていた。

「深室を殺さねば、お方さまに会えぬ」

順性院の美貌に心奪われ、旗本としての出世を捨てた山本兵庫である。順性院から見捨てられるのは耐え難かった。

「お帰りいいいい」

大声が響き、深室家の大門が開いた。

「来たか」

山本兵庫が身構えた。

「……違う。父親のほうか」

柄《つか》にかけていた手を山本兵庫が離した。

「らちがあかぬ」

山本兵庫が待ちくたびれた。

「ごめん」

深室家に近づいた山本兵庫が潜り門を叩いた。

「……どなたか」

門脇の無双窓が引き開けられて、なかから門番小者の声がした。

「拙者桜田御用屋敷用人山本兵庫と申す。深室賢治郎どのはご在宅か」

「あいにく他行《たぎょう》しておりまする」

身分姓名を名乗った山本兵庫に、なんの疑いもなく門番が答えた。

「さようか。それは残念」

「なかでお待ちになられまするか」

「いや、他に所用もござる。また後日お訪ねいたそう」

山本兵庫は門番の厚意を断った。

「……ふふふ。まだ帰っていない」

うれしそうに山本兵庫は笑った。

「足の傷の痛みも気にならぬ」

わざと山本兵庫は傷ついた右足で地面を強く蹴った。

「おう。そうだ。足拵《あしごしら》えを確認せねば」

門から離れて、山本兵庫は草鞋《わらじ》のひもを結びなおした。

草履履きは踏ん張りが効かなかった。踏み出したとき、足と草履の間で滑ることがままあった。かといって素足は避けるべきであった。どこに石が落ちているかわからないのだ。石を踏んで怪我でもすれば、踏ん張れなくなり、一撃が軽くなる。関ヶ原の合戦に参加した宮本武蔵が、開戦直後に足で切り竹を踏み抜き、戦うどころか逃げ回るのに必死だったという話は有名である。

「目釘《めくぎ》も……ぺっ」

太刀の目釘へ、山本兵庫は唾をかけた。目釘は太刀の中子に開いた穴と柄の穴を止めるために使われる木釘である。釘を刺しているだけなのだ。撃ちあったり、振り回したりして衝撃を与えれば、ゆるむ。ゆるめば刀身ががたつき、刃筋が狂う。いや、下手をすると抜けてしまうこともある。目釘が抜ければ、刀身は柄から外れる。戦いの最中に得物《えもの》をうしなうのは、負けに直結した。そうならないよう、戦いの前に目釘に水気を与えて膨張させ、抜けないようにするのが心得であった。

「さあ、いつでもいいぞ」

山本兵庫が気合いを入れた。

「自ら立て……」

巌海坊の言葉が賢治郎を悩ませていた。

「今更どうしろと言われるのだ」

すでに賢治郎は月代御髪という役目に就いている。たしかに辞することはできるが、それは家綱との繋《つな》がりを切ることになる。また、深室の家から離れるのも、旗本としての立場を失い、月代御髪の役目をはずされる。

「上様は、新規召し抱えをしてくださるとおっしゃってくださった」

家綱の誘いは賢治郎を大きく揺るがせていた。

「実家にも婚家にも気兼ねをしなくていい」

ずっと厄介者扱いされてきた賢治郎にとって、それは抗いがたい魅力であった。

「己で決めよ……か」

賢治郎は師厳路坊の教えをつごうよく考えようとしていた。

「……来た」

見張っていた山本兵庫が賢治郎を見つけた。

「足取りが軽い……気もそぞろだな。油断している」

山本兵庫が口の端をゆがめた。

「殺してやるぞ。深室」

低い声で言いながら、山本兵庫が太刀を抜いた。

「上様へお願いする。新規召し抱えで別家をさせていただこう」

賢治郎は独りごちた。

「死ね」

太刀を振りあげて山本兵庫が襲いかかった。

「なっ……」

賢治郎は完全に不意を打たれた。

「もらった」

対応できない賢治郎に、山本兵庫が笑った。

上段から落ちてくる太刀に、賢治郎は抜き合わすこともできなかった。

「くうう」

賢治郎は自ら、後ろへ身体を投げ出した。受け身を取る余裕などなかった。

「なにいい」

渾身《こんしん》の一撃をかわされた山本兵庫が、太刀の勢いに引きずられた。

「あつうう」

後ろへ倒れた賢治郎はしたたかに後頭部を打った。一瞬、意識が飛びかけたが、必死で押しとどめた。ここで気を失えば死ぬ。

「こいつめ」

体勢を整えた山本兵庫が、追い打ってきた。

「……………」

賢治郎は転がって逃げた。

「逃がすか」

山本兵庫が太刀を逆手《さかて》に握った。

地に転がっている者に襲いかかるのは難しい。なにせ刀は両肩の延長であり、下へ向かって斬りつけるには限度がある。無理をすれば、己の太刀で自らの足を傷つけかねないからだ。

なにより自分の腰より下を攻撃するのは、かなり大きく姿勢を低くしないといけない。腰を落とせば、重心は定まる代わりに、咄嗟《とっさ》の動きが鈍くなる。反撃を受けたときに避《よ》けにくくなる。

これらを合わせたうえで、攻撃をするとしたら、太刀を逆手に持ち、上から突きおろすのが最適であった。

「くそっ」

賢治郎は焦った。

地にいる限り、鞘を後ろへ引けないため、刀を抜くことはできなかった。

「往生際《おうじょうぎわ》の悪い。あきらめて死ね」

山本兵庫が憎々しげに言った。

「やああ」

太刀をまっすぐ落としてくる山本兵庫をよく見て、賢治郎は避け続けた。逃げられなくなったときが、死であった。

「……逃げられぬようにするだけよ」

山本兵庫が太刀を握りなおして、追うようにして賢治郎を突いた。

「しまった」

何度目かの転がりをした賢治郎の背中が壁に当たった。

「あははっは。逃げられまい」

満足そうに笑い声をあげて、山本兵庫が足を止めた。

「手こずらせたが、ここまでだ」

山本兵庫が勝ちほこった顔で太刀をもう一度振りあげた。

「おのれ……」

窮鼠《きゅうそ》となった賢治郎は、逆の方向へ転がった。逃げるのではなく、山本兵庫のほうへ近づいた。

「こいつっ」

思わぬ動きに、山本兵庫があわてた。太刀を急いで打ち下ろした。剣の動きにまっすぐ下へ落とすという技はない。修練など積みようがなかった。熟練の山本兵庫の切っ先がぶれた。

賢治郎の身体を貫くはずの一撃は、背中を裂くだけでずれた。

「しまった」

手応えの軽さに山本兵庫がうめいた。

「くううう」

背中に焼け付くような痛みを感じながら、賢治郎は山本兵庫の臑を肘《ひじ》で打った。

「ぎゃっ」

傷口に肘打ちを喰らった山本兵庫が、痛みで身体を曲げた。

「………」

山本兵庫が腰を曲げたため、脇差の柄が賢治郎の手の届くところに降りた。

「わあああ」

叫びながら賢治郎は手を伸ばして山本兵庫の脇差を奪って抜いた。

「なにをする」

腰のものを取られたことに気づいた山本兵庫が、地に刺さった太刀を抜こうとした。

「……ああああ」

叫びながら賢治郎は脇差を突きだした。

「ぐあっ」

下腹から背中へ貫かれた山本兵庫が絶叫した。

「くそが……」

山本兵庫が最後の力で太刀を振った。

「ぐううう」

右肩を斬られた賢治郎が苦鳴《くめい》を漏らし、握りしめていた脇差の柄から手を離した。

支えを失ったような状態となった山本兵庫が、崩れ落ちた。

「…………」

賢治郎は顔をあげた。目の前に、身体から脇差をはやした山本兵庫が倒れていた。

「勝ったのか……」

傷ついていない左腕を使って、賢治郎は上半身を起こした。

「生き残った」

山本兵庫の身体から流れ出る血を見て、ようやく安心した賢治郎はほっと息をついた。

「あつっ」

痛む右肩を押さえながら、賢治郎は屋敷へと歩を進めた。

潜り戸を叩いた賢治郎に門番小者が驚いた。

「どうなさいました」

「大門を開けるな」

周囲に知られるわけにはいかないと、賢治郎は門番に潜り戸を開けるようにと命じた。

「お怪我を……」

迎え入れた門番が顔色を変えた。

「お、お嬢さま」

門番が屋敷へ駆けていった。

「騒がしい。なにごとぞ」

三弥が顔を出した。

「賢治郎さまが、賢治郎さまが」

「落ち着きなさい」

うろたえる門番を三弥が叱った。

「賢治郎さまが、どうなされたのです」

「お、お怪我を……」

「どきなさい」

聞いた三弥が門番を突き飛ばすようにして、裸足で玄関へ走った。

「…………」

背中と右肩、その上山本兵庫の返り血を浴びた賢治郎の姿に三弥が立ちすくんだ。

「……どうなさいました」

が、すぐに立ち直った。

「不覚を取りもうした」

賢治郎は玄関で足を止めた。

「声に張りがありますね。命に別状ないようでございまする」

三弥がほっとした。

「とはいえ、そのままではいけませぬ。さあ、ここへ腰をおかけなさいませ」

玄関の上《あ》がり框《かまち》へ賢治郎を座らせた三弥が手を叩いた。

「お嬢さま、お呼びで……ひっ」

顔を出した女中の幸が腰を抜かした。

「桶に水を。あと新しい晒《さらし》を持ってきなさい」

「…………」

腰が抜けて動けないと、幸が小さく首を振った。

「情けない。それが武家奉公をする者ですか」

三弥が幸を叱った。

「しばしお待ちを」

当てにならない幸を置いて、三弥が走っていった。

「無理もない……」

震えている幸に賢治郎は苦笑を浮かべた。

「お待たせをいたしました」

すぐに三弥が戻ってきた。

「お脱ぎ下さいませ」

きれいな布を桶の水で濡らしながら、三弥が言った。

「ああ……つうう」

賢治郎は両刀を外そうと右手を動かして、顔をしかめた。

「わたくしがいたしまする」

三弥が布を桶へ漬け、賢治郎の衣服を脱がしにかかった。

「……ああ」

露わになった傷口に、三弥が眉をひそめた。

「幸、お医者を呼んで来なさい」

「は、はいっ」

厳しい声音で命じる三弥に、幸が這うようにして離れていった。

第四章　戦いの跡

一

　山本兵庫の死を、誰よりも早く知ったのは紀州大納言頼宣であった。

「討ち果たしたか。なかなかやるではないか」

　ひそかに賢治郎につけていた見張りである根来者から報告を受けた頼宣が感心した。

「いかがいたしましょう。矛がなくなった今が好機かと存じまする」

「放っておけ。女一人殺したところで、なんの意味もない。余は無駄な死を望まぬ」

　順性院を片付けてはどうかと提案する三浦長門守に、頼宣が首を振った。

「では……」

「綱重を狙え」

「より厳重になりましょうが……」

頼宣の命《めい》に三浦長門守が懸念を口にした。

生母の警固を担当していた用人が倒されたのだ。当然、綱重の危機感は高まる。

「仕留めずともよい。今ならば、勝手に館林の仕業と思ってくれよう」

「なるほど。承知いたしましてございまする」

意図を説明された三浦長門守が、指示を出すために頼宣の前から下がっていった。

「剣の腕はたっても、傷を負うようではいかぬ。いずれ人の上に立つつもりがあるならば、警固の侍を供にするくらいの用心深さがなければな。まあ、婿養子でまだ部屋住みの身分では、そうもいかぬか」

一人になった頼宣が呟いた。

「庭番、おるか」

頼宣が問うた。庭番とは、光貞に与《くみ》しなかった根来者を使って、頼宣が再編成した忍《しのび》であった。

「……これに」

天井板が外れ、覆面姿の庭番が顔を出した。

「深室に近づく者の正体をつきとめておけ」

「排除いたさずともよろしゅうございましょうか」

庭番が確認を求めた。

「不要である。誰がどのていどの者を出したか、それを調べあげるだけでいい」

否定して、頼宣が命をより明確な形にした。

「行け」

天井へ目もやらず、頼宣が手を振った。

「はっ」

黙礼して庭番が姿を消した。

「阿部豊後守であろうな。裏で糸を操っているのは。今の老中どもに、これだけ思い切った手を打てる者はおらぬ」

頼宣が感嘆した。

「御台所を策に巻きこむ……豊後守の肚はどこまで太いか。吾が付け家老として欲しかったわ。豊後守があのとき吾が手にあれば……未だ余は駿河《するが》の国守であったろうよ」

なんともいえない表情を頼宣は見せた。

「愚かなことをしたの、兄者《あにじゃ》よ。あのまま余に駿河を与えておけばよかったのだ。父家康公の匂《にお》いの残る駿河の城と領地。父にもっとも愛された子供という自負を持ち続けられれば、余は天下など欲しがらなかっただろう。それを紀州などに追いやり、父の遺《のこ》してくれたすべてを奪った。余が慶安《けいあん》の変の裏にいたのは、兄者への復讐よ。まあ、兄者はこの世におらず、直接、恨みをぶつけられぬゆえ、その子と孫に嫌がらせをしてやった。残念ながら、家光は嫌がらせの寸前に死んでしまったがな」

淡々と頼宣が言った。

「大奥にいる佐波《さわ》へ指示を出せ。家綱に薬を盛れとな」

「承知」

ふたたび天井裏から返答がした。

「殺しはせぬが、秀忠の直系、ここで断たせてもらうぞ、深室。そなたが守りたいのは家綱だけだろう」

頼宣が暗い目をした。

大奥は江戸城で唯一将軍の権威がおよばないところであった。三代将軍家光の乳母《うば》春日局《かすがのつぼね》によって、表の力の及ばないところとして確立された大奥には、将軍の私《わたくし》に限るが、いろいろと介入する権を持っていた。

「上様」

家綱の居室である御座の間へ、一人の尼僧が現れた。

「明春《みょうしゅん》、何用であるか」

大奥に属する尼僧は、表の御城坊主と同様、城中ほとんどの場所へ出入りができる。大奥からの使者として表に来たり、大奥へ入った将軍の忘れものを取りに、中奥へ出向くこともあった。

「お願いの使いとして参りましてございまする」

明春尼が述べた。

「願い……申せ」

家綱が発言を許した。

「順性院より、桜田御用屋敷を出て、竹橋館へお移りになりたいとのことでございまする」

御座の間では、御台所、天皇と五摂家や高位の公家《くげ》、老中以外は呼び捨てにされた。先代将軍の寵姫《ちょうき》といえども例外ではなかった。

「大奥を出たいと言うか。よいのか。一度出れば、戻れぬぞ」

二度と大奥へは帰さぬと家綱が告げた。

家綱は暗愚ではなかった。松平伊豆守、阿部豊後守という功臣に政を任せきりにしているが、その裏で二人から厳しい教育を受けてきたのだ。順性院が五代将軍争いにかかわる一人であり、大奥へ影響を残すため、今までいろいろな規制がある桜田御用屋敷で辛抱してきたことくらいわかっていた。

「承知のうえでお願いするとのことでございまする」

感情を見せず、明春尼が答えた。

「よかろう。許す」

家綱が認めた。この瞬間、順性院と大奥の繋がりは、失われた。

「もう一つございまする」

明春尼が続けた。

「御台所さま、お褥《しとね》ご遠慮中ではございますが、上様には大奥へお渡りくださいますように、上臈一同よりお願いいたしまする」

「女を抱きに来いと申すのだな」

「ご賢察のとおりと存じあげまする」

家綱の確認に明春尼が首肯した。

あまり身体《からだ》が丈夫でなく、性欲も強くない家綱だが、側室はいた。世子を求める要望に応《こた》えるため、大奥のなかで気に入った女を召し出したのだ。とはいえ、御台所との仲が良いだけに、召し出した当初数回閨《ねや》に呼んだだけで、以降は放置していた。

「いずれと伝えよ」

面倒くさそうに、家綱は手を振った。

「上様」

明春尼が背筋を伸ばした。

諫言《かんげん》をするとき、家臣は命をかける。主君から煩《わずら》わしいと思われれば、命を失う。それほど諫言という行為は重い。その重さに免じて、諫言するときは両手を突かず、堂々と背筋を伸ばすことが許されていた。

「なんじゃ」

家綱が諫言を許した。

「大奥をお潰しになられるおつもりでしょうや」

まず明春尼が訊いた。

「なにを申す。そのような考えはない」

はっきりと家綱が否定した。

「では、なぜにお通いくださいませぬ。大奥は上様の閨でございまする」

「閨か。ならば反しよう。躬《み》は顕子と閨を共にしておる」

家綱が言い返した。

「いいえ。閨とは男女のひそかごとをなすだけの場所ではございませぬ」

明春尼が反論した。

「ほう。では、なんの場所だ」

家綱が問うた。

「世継ぎを作る神聖な場でございまする」

明春尼が胸を張った。

「そう堂々と言うことではないと思うがな。まあ、そうである」

あきれながら家綱が認めた。

「そのお世継ぎを作り、育てるのが大奥の役目でございまする」

「たしかに」

家綱が同意した。

「そのお役目を果たせておりませぬ」

「……………」

「御台所さまにお仕えしている者を除いて、大奥におる女中の数は五百をこえまする。このうち、上様のお手がつくことを前提としております者は、およそ六十名。残りは、大奥の維持と若さま、姫さまがたのお世話をするためにおりまする。しかし、今は上様に和子さまがおられず、これらの者たちに仕事はございませぬ。無為に過ごすしかないのでございます」

「ならば大奥を去ればいい」

「できませぬ。大奥は終生奉公。皆ご奉公にあがるとき、その誓紙に名をしるしてございますれば」

明春尼が首を左右に振った。

「大奥の大半が躬の血筋に仕えることだけを待ち望んでいる者たちだというか」

「はい」

家綱の問いを、明春尼が強く肯定した。

「ううむう」

なんとも言えぬ顔で家綱がうなった。

「なにとぞ、ご考慮のほどをお願いいたしまする。どうぞ、我らに希望をお与えくださいませ」

あらためて明春尼が平伏した。

「かならず子ができるとはかぎらぬ」

「わかっておりまする。ですが、上様が大奥へお出で下されば、夢はいつかかないまする」

明春尼が家綱を見あげた。

「わかった」

家綱はうなずくしかなかった。

将軍の大奥入りは夕刻までに報される。

「上様、お渡りにございまする」

御広敷から、大奥へ伝えられた渡りは、ただちに全体へと広まっていく。

「松丘《まつおか》」

御台所顕子が、怪訝《けげん》な顔をした。

「詳しく尋ねて参れ。上様にはお出で遠慮していただいているはずじゃ」

顕子が命じた。

「はい」

松丘がすぐに調べてきた。

「佐波のもとへお見えとのことでございまする」

「そうか」

顕子がほほえんだ。

「上様が大奥へお運びになる。ご体調につつがないようであるな」

歳下の夫を顕子は愛していた。

「気分が優れぬゆえ、ご挨拶は遠慮すると伝えてくりゃれ」

顕子が松丘に頼んだ。

「承知いたしました」

松丘が受けた。

将軍の大奥入りのとき、その夜の相手が誰であろうともかならず将軍と御台所の顔合わせがあった。

大奥の主は御台所で、将軍は客。それも唯一の客である。どこでも同じ、客の対応は主の仕事なのだ。

中奥から上のお鈴廊下を通って大奥へ入った将軍は、まず小座敷と呼ばれる客間へ入る。ここが大奥における将軍の居所であった。夕餉《ゆうげ》と入浴は中奥ですませるのが慣例であり、小座敷では酒をたしなむか、茶を飲むくらいしかしない。そして小座敷に付帯した部屋で側室を抱く。ただし、御台所と閨を共にするときだけは、その館の寝所までいくことが許される。

「上様におかれましては、ご機嫌うるわしく……」

上臈ら高位の大奥女中たちの挨拶を受けている間に、家綱の相手をする側室の準備が整えられていく。風呂へ入り、衣服を添い寝用の白絹のものへと着替え、髪を下ろす。こうやって、将軍に危害を及ぼさないようにした。風呂へ入れるのは裸にし、身体に寸鉄も帯びていないことを確認するためである。女には男にない隠し所がある。将軍の相手を命じられた女は、隠し所のなかまであらためられるのだ。髪を下ろすのもそのためであった。武器として使える髪飾りいっさいを取りあげ、髪は和紙の紐《ひも》でくくる。それだけでおわらない。夜着を止める帯さえ与えないのだ。帯で将軍の首を絞めさせないように、夜着は羽織るだけ。

ここまでして、ようやく女は小座敷隣の閨へと入れた。

「甘いな」

将軍を待たせてはならないと、女は先に閨に入る。もちろん、将軍が来るまで、横になるなど許されはしない。佐波は端座したまま小さく笑った。

「女の密《ひそ》か所《どころ》を調べて、喉を見ぬとはな……うっ」

佐波が指を口に突っこみ、奥歯に引っかけていた糸を引きずり出した。一尺（約三十センチ）ほどの長さの糸が現れた。糸の先に小指の爪《つめ》ほどの小さな革袋がついていた。

「ふふふ」

革袋のなかから佐波が油のようなものを取り出し、指につけて唇と乳に塗りこんだ。

「男が呑めば子種を失う。女が呑めば月のものがなくなる。根来の秘薬」

指先にあった薬を全部身体に塗りこんだ佐波が、糸と革袋をもう一度飲みこんだ。

「男というのは馬鹿よ。女の口を吸い、乳をなめたがる。そこに薬を塗っておけば、勝手に摂取してくれる」

佐波がほくそえんだ。

「上様のお成りである」

小座敷との間の襖《ふすま》が開き、先触れの中臈が入室してきた。

「はい」

殊勝そうな表情で、佐波が手を突いて頭《こうべ》を垂れた。

「…………」

閨で女は家綱から問われないかぎり、口をきいてはいけない。

無言の佐波の隣に、家綱が臥《ふ》した。

「そなたも横になれ」

「畏《おそ》れ入《い》りまする」

声をかけられた佐波が、手で前を合わせながら静かに横たわった。

「いくぞ」

宣して家綱が、佐波の上に覆《おお》い被《かぶ》さってきた。

「……ああ」

夜着をはだけられ、口を吸われた佐波が感極まった喘《あえ》ぎを漏らした。

二

傷を受けた賢治郎では、月代御髪の任を果たせない。将軍家の頭や首、顔に剃刀をあてがう右手が使えなくなったのだ。賢治郎は病気療養の届け出をあげ、休職せざるをえなくなった。とはいえ、賢治郎は家綱の寵臣である。事情の説明もなしに療養に入るわけにはいかない。傷から起こる高熱が治まった三日目、賢治郎は周囲の同役や小姓に気づかれないよう、傷口を隠した状態で登城し、家綱に目通りを願った。

「二人きりにいたせ」

顔色の悪い賢治郎を見て、家綱が他人払いを命じた。

「どうした」

他の者たちが出て行くなり、家綱が問うた。

「不覚を取りましてございまする」

賢治郎が無念そうに顔をゆがめた。

「……不覚……襲われた……大事ないのか」

家綱があわてた。

「ご覧のとおり、命に別状はございませぬが、右肩をやられてしまい、剃刀を持つことができませず……」

申しわけないと、賢治郎はうなだれた。

「話せ」

「先日……」

命じられた賢治郎は、剣の修行のために外出したことから始めて、委細を語った。

「襲い来たのは、順性院付きの用人だと申すか」

家綱が語気を荒げた。

「それでか、不意に順性院が桜田御用屋敷を出たいと申し出て参ったのは。腹心である用人を討たれて、その身も危ないと思ったのだな」

「順性院さまが、桜田の御用屋敷を出られましたので」

「今後は竹橋に住むとの届けが出ている。ふざけたまねをしてくれたわ」

憎々しげに家綱が言った。

「すまぬ」

不意に家綱が頭を下げた。

「な、なにを上様、なさいまする」

詫びる家綱に賢治郎はあわてた。

「賢治郎をやられておきながら、順性院に罰を与えることができぬ。将軍といいながら、家臣さえ守れぬ。非力な躬を許せ」

「なにを仰せられまするか。上様のお気になさることではございませぬ」

賢治郎が否定した。父家光の寵姫であった順性院を罰するには、よほどたしかな証拠が要った。

父の寵姫を息子が罰する。

これは、罪を犯すような女を愛《め》で、子まで産ませた父家光に人を見る目がなかったと公言するも同然なのだ。と同時に、順性院の子供である弟綱重との対立を覚悟しなければならない。

父の名誉を傷つけ、兄弟で相克《そうこく》する。徳川を揺るがす事態へ発展しかねない大事である。寵臣を用人が襲っただけでは、とてもできる話ではなかった。

「いいや、このままにはせぬ」

気にしないでいいと言った賢治郎へ、家綱が決意の目を見せた。

「放置すれば、綱重が増長しよう。なにもできぬ将軍など怖《おそ》れるに足らぬとな」

家綱が憤《いきどお》りを口調にこめた。

「わたくしは大丈夫でございますれば、あまり……」

「申すな。これはそなたの問題ではない。躬への挑戦である」

自重を求めた賢治郎を、家綱が遮った。

「上様……」

「そなたは傷を治すことだけを考えよ。ここからは、躬の戦いである。下がってよい」

まだ言いつのろうとした賢治郎へ、家綱が手を振った。

「……はい」

将軍から退出を許されたならば、すぐに下がるのが礼儀である。賢治郎は一礼して、御座の間を後にした。

「豊後をこれへ」

入れ代わって入ってきた小姓に家綱が告げた。

執政といえども、家臣には違いなかった。呼び出されれば、なにをおいても参じなければならない。

「上様がお召しか」

上の御用部屋ですることもなく茶を飲んでいた阿部豊後守は、すぐに立ちあがった。

「のう、但馬守どのよ」

阿部豊後守がいなくなったとたん、稲葉美濃守が土屋但馬守へ声をかけた。

「なんでござろう」

土屋但馬守が応じた。

「豊後守どのが、上様にお呼び出しを受けるのは、この五日ほどの間に二度目でござるな」

「さようでござったかの」

言われた土屋但馬守が首をかしげた。

「少し多いと思われませぬか」

「そういえば」

土屋但馬守が同意した。

「なんでござろう」

「政のことではございますまい。上様はいつも我ら執政をご信頼くださっておられまする」

問われた稲葉美濃守が述べた。

将軍は最終の決定者である。老中が全員賛成した案であろうが、将軍の同意なしには効力を発しない。家綱は幼くして将軍となったためか、老中の立案に対しほとんど意見を口にしなかった。

「となると……」

土屋但馬守が稲葉美濃守の顔を見た。

「御台所さまのご懐妊でござろうな。豊後守どのは、大奥を担当しておられる」

稲葉美濃守が答えた。

「御台所さまがご懐妊なさり、男子をお産みになられれば、五代将軍の誕生でございますな」

「おめでたい話でござる」

確かめるような土屋但馬守の言葉に、稲葉美濃守が首肯した。

「次の将軍家ともなれば、通常の若君さま、姫さまのご誕生とは話が変わりましょう」

土屋但馬守が稲葉美濃守の表情を窺った。

「いかにも。お引目《ひきめ》の者となるのも、老中でなければなりますまい」

相づちを打つように稲葉美濃守が述べた。

引目とは、将軍家の子供につけられる家臣団のことだ。実際に傅育をおこなう者から、行事のときだけ参加する名ばかりの者までいるが、やって損な役目ではなかった。

次代の将軍の側近として確定するのだ。それこそ、今以上の権を保証される。引目となった老中はまずまちがいなく、次代の老中首座あるいは、大老になる。

「阿部豊後守どのが引目……」

「それはございますまい。引目になるには、いささか豊後守どのはお歳を召されすぎておられる」

土屋但馬守の推測を、稲葉美濃守が否定した。次代を担う一人になるには、あるていど若くないとならなかった。

「では、阿部豊後守と上様で選定を」

「おそらく」

「それは……」

うなずいた稲葉美濃守に、土屋但馬守の雰囲気が変わった。

「どなたが選ばれるかはわかりませぬが、ここにいる誰かでございましょう。いかがでござろうか」

稲葉美濃守が声を低くした。次期将軍の引目の筆頭は、老中が選ばれる。これは慣例であった。

「拙者と組まれませぬか」

「……貴殿と組むとは」

「拙者と但馬守どの、どちらが引目になっても、五代さまの御世では老中のまま留め置くと」

怪訝な顔をした土屋但馬守に稲葉美濃守が提案した。

「それは……」

土屋但馬守が稲葉美濃守の顔を見直した。

将軍の代替わりは、大きな変革の始まりであった。いきなり大幅な人事一新はまずないが、変化は確実に起こった。

先代からの執政たちは、新しい将軍にとって煙たいものになる。なにせ、己が世継ぎのころから政を担ってきたという自負を持っている。いきなり新しい将軍のいうことをすべて受け入れはしない。どころかなにもわからないのだから、任せておけといった風な態度をとることが多い。

ようやく天下の大政を手にした将軍としては、なにか新しい政策を打ち出し、天晴《あっぱ》れ名君と讃《たた》えられたい。

当然、軋轢《あつれき》が生まれる。最初は、政の仕方もわからぬ将軍が折れても、やがて実務に慣れてくると老臣たちが邪魔になっていく。その先にあるのは、更迭《こうてつ》の二文字だけ。老中を罷免《ひめん》されるだけですめば御の字、下手すれば領地を削られたり、遠方へ転じられたりすることもあるのだ。

権力を手にした者は、その味が忘れられない。老中たちが次代での保身を考えるのも必須であった。

「いかがか」

返答を稲葉美濃守が求めた。

「承知いたした。どちらが引目に選ばれようとも、かならず互いを守る」

土屋但馬守が首肯した。

「引目……」

小声になってからのことは聞こえなかったが、それまでの話は御用部屋坊主の耳にしっかりと届いていた。

御用部屋坊主はお城坊主のなかでとくに選ばれ、老中たちの雑用をこなす者のことである。お城坊主の常として、うわさ話を手に入れては、売り歩くという副業をしている。天下の行方を決定する御用部屋での話は、どの役職や大名にとっても貴重なものであり、多くの顧客を抱えていた。

「この話をもっとも高く買ってくださるのは……」

御用部屋坊主は、上の御用部屋をそっと抜け出て、思案した。

「やはり備中守《びっちゅうのかみ》さまであろうな。いつも多目に心付けを下さる」

目標を決めた御用部屋坊主が、奏者番《そうしゃばん》の控えである芙蓉《ふよう》の間へと小走りで向かった。

「備中守さまは」

芙蓉の間の襖を開けて、御用部屋坊主が声をかけた。

「おう。今行く」

同役と談笑していた堀田《ほった》備中守が、素早く御用部屋坊主に気づいた。

奏者番は、将軍と諸大名との謁見《えっけん》、献上品の奏上などを職務とする。五万石以下の譜代《ふだい》大名から選ばれることが多く、寺社奉行、若年寄《わかどしより》へと出世していく。老中になる者も多く、出世の階段の入り口とされていた。

「待たせたの」

身分低い御用部屋坊主にも、堀田備中守はていねいな対応をした。

「いいえ。こちらこそ、お忙しいところをお呼び立ていたしまして」

御用部屋坊主が詫びた。

「なにかござったか」

一応のやりとりを終えるなり、堀田備中守が問うた。

「さきほど……」

御用部屋でのできごとを御用部屋坊主が語った。

「引目でござるか」

堀田備中守がうなった。

「お役に立ちましたでしょうや」

御用部屋坊主がもみ手をした。

「いや、助かりましてございまする。で、この話は他にどなたか」

他人に喋《しゃべ》ったかと堀田備中守が訊いた。

「いいえ。まずはいつもお世話になっている備中守さまへと」

愛想笑《あいそわら》いを御用部屋坊主がした。

「それは光栄でござる」

大仰に喜びながら、堀田備中守が懐《ふところ》から白扇を取り出した。

片隅に小さく家紋を入れただけの白扇は、紙入れを持ち歩くことのない殿中《でんちゅう》でお金の代わりとして遣われていた。もっとも渡す相手はお城坊主だけである。

殿中での雑用いっさいを担当するお城坊主は、公式には幕府の用だけしかしない。とはいえ、登城した大名の案内など、公私どちらかあいまいな用件も多い。どこまでやって、どこからできないという線引きが難しい。また、私用だからといって、お城坊主が管轄している厠《かわや》や井戸を、大名や旗本に勝手使いさせるわけにもいかないのだ。となれば、公私ひっくるめてお城坊主がするほうがいい。ただ、幕府から禄をもらっているお城坊主を私用で使うとなれば、そうおうの謝礼が発生する。それが白扇であった。

殿中でお城坊主になにかを頼む。そのとき、紋入り白扇を渡し、後日屋敷に持ちこんでもらい、代金を支払う。いつの間にか慣例となったこれには、利点が多かった。まず、城中で金の遣り取りがないので賄賂《わいろ》と見られない。次に、謝礼が現金でないので、どれだけの金額を払ったか、他人にわからない。大名にとって、これは大きなものだった。あれだけしかやれないとは狭量なとか、些少《さしょう》にもほどがある、よほど内情は苦しかろうなどと嘲笑《ちょうしょう》されなくてすむ。

そして、白扇一本の値段は、石高や格、役職などによって上下した。一万石以下、あるいはよほど窮迫している大名などは一本で一分、十万石をこえると一本で一両などとあらかじめ決められていた。

「矢立《やたて》をお持ちかの」

取り出した白扇を開きながら、堀田備中守が御用部屋坊主に尋ねた。

「……どうぞ」

なにをするのかと首をかしげながら、御用部屋坊主が矢立を渡した。

矢立は筆を仕込んだ筒に、乾いた墨を封じた壺をくっつけたようなものである。携帯に便利な硯《すずり》と筆であった。

「お借りする」

堀田備中守が、借りた筆を口に含み、唾液で湿らせた。この唾液で乾いた墨を溶かし、字を書くのである。

「これを」

さらさらと白扇に筆を走らせた堀田備中守が、御用部屋坊主に渡した。

「ありがとうございま……」

受け取って礼を言いかけた御用部屋坊主が目をむいた。

「……金五十両」

御用部屋坊主が白扇に書かれている金額を口に出した。

何も書かれていない白扇は、あらかじめ決められた金額で取引されるが、それ以上の金額がふさわしいときなどは、こうやって書き示す。

後日、この白扇を堀田備中守の屋敷へ持っていけば、五十両もらえる。一両あれば庶民一家四人が一カ月生活できるのだ。豪勢すぎる謝礼に、御用部屋坊主が驚いたのも当然であった。

「これほどいただいて……」

御用部屋坊主が堀田備中守を見あげた。

「ご遠慮なく。ただし、このお話、他のお方にはお漏らしなさらぬようにお願いいたしたい」

堀田備中守が条件をつけた。

「も、もちろんでございまする」

御用部屋坊主が大きく首を縦に振った。

「いただきまする」

取り返されてはたまらないとばかりに、急いで白扇を懐へ仕舞う御用部屋坊主へ堀田備中守がさりげなく声をかけた。

「ご貴殿にかんしては、まったく心配しておりませんが、他のご坊主衆のなかには、口の軽いお方もおられるとか。そのような輩には、似合った報いを与えねばなりませぬな」

「……はくっ」

言われた御用部屋坊主が絶句した。

「では、お報せ感謝いたしまする」

固まっている御用部屋坊主を残して、堀田備中守が背を向けた。

堀田備中守は芙蓉の間に戻らず、蘇鉄《そてつ》の間を訪れた。

「邪魔をする」

蘇鉄の書かれた杉戸を堀田備中守が開いた。

「これは、備中守さま」

杉戸近くにいた留守居役があわてて頭を下げた。

蘇鉄の間は、各大名家の留守居役の詰め所であった。留守居役は各大名家の外交を担う。幕府との連絡、他の大名家とのつきあいを主たる任務としていた。身分は藩でも重きに属するが、陪臣には違いない。その陪臣の詰め所が江戸城内に設けられていたのには理由があった。

幕府からの通達を受けさせるためであった。幕府は諸大名にいろいろな法度《はっと》を課している。全体に押しつけた武家諸法度のようなものから、各大名家へ個別に命じるお手伝い普請や転封などである。

幕府の通達は、あくまでも命令であり、拒否は許されない。とはいえ、いきなり僻地への転封などを大名に命じれば、どのような反発があるかわからない。そこで、あらかじめ、留守居役を通じて内容を漏らし、齟齬《そご》のないようにする。かといって、主である幕府から陪臣の留守居に使者を出すのは、身分制度を崩す。そこで、幕府は各大名家の留守居をあらかじめ集めておくことにし、蘇鉄の間を詰め所として貸し与えたのであった。

「我が家の者はおるか」

「これにおりまする」

奥から中年の藩士が小走りに近づいてきた。

「少しいいか」

堀田備中守が問うた。家臣なのだ、主君のつごうに合わせて当たり前である。だが、留守居役だけは別であった。他家と交渉中、あるいはなにかの情報を集めている最中に呼び出しをかけ中断させて、失敗することもありえる。

「大事ございませぬ」

留守居役が問題ないと言った。

「……ついてこい」

堀田備中守が留守居役を隅へと呼んだ。

その職務上、藩の秘事を握る留守居役である。己のかかわっていない密談を盗み聞きしないのが礼儀であった。といっても、相手の弱みを握るのも仕事である。気のない振りで、耳をそばだててくる。密談は離れたところでするのが、身を守る術《すべ》であった。

「なんでございましょう」

留守居役が膝をついた。

「先ほど御用部屋坊主がな……」

訊かれた堀田備中守が語った。

「阿部豊後守さまが、引目を探し始めている……」

「らしい。ということは、御台所の懐妊は事実であろう。引目が決まってから、懐妊は偽りだったなどといえば、阿部豊後守の信用は失墜する」

「いかがなさいまするか」

「引目は次代の要《かなめ》だ。是非、就いておきたい。もちろん、館林との縁は切らぬ。万一は考えておかねばならぬ」

たしかめてくる留守居役に、堀田備中守が宣した。

「わかりましてございまする」

説明を聞いただけで、留守居役がうなずいた。

「殿が引目になられるよう、手配をいたしまする」

根回しこそ、留守居役の真骨頂であった。

「もう一つ……」

「お口にされてはなりませぬ。殿中で殿は闇を見せてはいけませぬ。殿中での闇は、わたくしども留守居役の仕事でございまする」

言いかけた堀田備中守を留守居役が遮った。

「すまぬな」

堀田備中守が苦笑した。

「お聞かせ願いまするか、その御用部屋坊主の名前」

「李紹《りしょう》」

「小太りの坊主でございますな」

「うむ」

確認に堀田備中守が首肯した。

「お任せくださいませ。殿は二度とあの小憎らしい顔を見ることはなくなりましょう」

留守居役が感情のない声で受けた。

三

呼び出された阿部豊後守は、家綱からの話を淡々と聞いた。

「知っておったな」

阿部豊後守の反応の薄さに、家綱が気づいた。

「はい」

あっさりと阿部豊後守が認めた。

「なぜ知らさなかった。いや、わかっていながら、用人をあらかじめ捕らえておかなかったのは、どういうことじゃ」

家綱が詰問《きつもん》した。

「小者をいちいち気にしていられませぬ」

阿部豊後守が答えた。

「賢治郎が襲われて、怪我を負ったのだぞ」

「それがどうかいたしましたか」

怒る家綱を阿部豊後守がいなした。

「なんだと……」

家綱が顔色を変えた。

「上様」

阿部豊後守が背筋を伸ばした。

「な、なんじゃ」

赤子のときから傅育してくれた阿部豊後守には、何度も叱られている。その阿部豊後守が諫言の姿勢になった。家綱が身構えた。

「深室賢治郎は旗本でございまする。譜代大名と旗本はすべて、上様の盾として在りまする。上様へ刃《やいば》が届かぬようにいたすのが仕事」

「それはそうだが、無駄に傷を受ける意味はあるまい」

家綱が言い返した。

「無駄ではございませぬ」

「用人を前もって排除しておけば、せずともすんだ怪我であろう。それを無駄と言わずしてどうする」

阿部豊後守の言葉に、家綱が反論した。

「いいえ。賢治郎は傷を受けましたが、用人を倒しました。そのおかげで、順性院は桜田御用屋敷から逃げました。これで順性院を大奥から切り離せましてございまする。大奥での危機を一つ排除できました」

「…………」

家綱が黙った。

「深室が用人を表に引き出さねば、まだ順性院の手は大奥にございました」

「竹橋へ移ったとはいえ、大奥にはまだ順性院の手の者がいよう」

「たしかにおりまする。ではございますが、順性院との繋がりは切れました。となれば、いつまでも志気を保てませぬ。ときをおかず、消え去ることでございましょう」

家綱の疑問に、阿部豊後守が答えた。

「大奥は我ら執政衆でも手出しができませぬ。とくに女中たちの人事には、いっさいかかわれませぬ。これは春日局さまのお決めになられたこと」

三代将軍家光の乳母で、その将軍就任に大きな功績があった春日局は、老中よりも巨大な権を持った。その権を使って春日局は大奥を作りあげただけでなく、表の介入を防ぐ手を打った。

「我らの力及ばぬ大奥は最大の不安でございました。それが深室のおかげでなんとかなったのでございまする。大きな功績だとわたくしは考えまするが、上様は違うと」

「……うっ」

功ありと言われて否定するわけにはいかなかった。家綱が詰まった。

「上様、深室を特別扱いされるのはお止《や》めなさいませ」

「なんだと。気に入った家臣をかわいがってはならぬと申すか」

家綱が憤った。

「かまいませぬ。お気に入りの家臣を重用するのは、主君の権でございまする」

「申しておることがあっておらぬぞ」

「いいえ。まちがっておりませぬ」

阿部豊後守が首を左右に振った。

「重用する者は、引きあげていかねばなりませぬ。上様のご信頼をもっていずれ執政として政をおこなう。その者はかわいがっていただかねばなりませぬ」

「…………」

説明された家綱が黙った。

賢治郎と家綱の間には、出世させないという約束があった。一度家綱から引き離された賢治郎は、側におれる小納戸という役目に執心していた。また、家綱も気心の知れた賢治郎を手元においておきたいと考えていた。二人の想いが合致《がっち》し、賢治郎の出世はなくなっていた。

「小納戸ていどにお気持ちを残されてはいけませぬ」

冷たく阿部豊後守が言った。

「上様は天下を統《す》べられるお方。天下万民を教え諭し導くだけでなく、そのすべての命、財を無情に取りあげる権をお持ちでございまする。上様の一言で百万石の前田家が潰れ、万をこえる家臣たちが路頭に迷いまする。路頭に迷った者たちは、生きていくために、刀を振るい、強盗と化しましょう」

「………」

家綱はなにも言えなくなっていた。

「よろしゅうございますか、いかに我ら執政といえども、恣意《しい》で大名を潰したり、役人に腹を切らせることはできませぬ。しかし、それを上様はおできになりまする。そしてそれによって起こったことすべての責は、上様にありまする。どれだけ上様の寵愛を受けた者でも、代わりをなせませぬ。それが天下人というものでございまする」

阿部豊後守が続けた。

「己の一言で万の者たちの一生を潰せる。どうお感じになられました」

「恐ろしい」

訊かれて家綱が答えた。

「でございましょう」

満足そうに阿部豊後守がうなずいた。

「我らに代わりはできませぬ。ではございまするが、少しでもご負担を軽くすることはできまする」

「軽くする……」

「さようでございまする。上様の政をお支えする」

「父家光公とそなた、松平伊豆守のようなものか」

家綱が述べた。

「畏れ多いことながら、少しはお支えできたかと自負しておりまする」

阿部豊後守が胸を張った。

「深室にそれができましょうか」

「できている。今も躬を支えてくれている」

家綱が告げた。

「いいえ」

強く阿部豊後守が首を左右に振った。

「深室は、上様をお支えしているわけではございませぬ。深室は上様を甘やかしているだけでございまする」

阿部豊後守が断じた。

「なにをっ……」

「違いまするか」

否定しようとした家綱を、阿部豊後守が抑えた。傅育役でなければ、許されない無礼であった。

「深室も甘えておりまする。怪我をした姿を上様にお見せするなど、甘え以外のなにものでもございませぬ。深室以外に、誰がおりますか。病で休むときに、侵された姿を見せに来る者が」

「………」

「怪我したならば、その旨を届け出て療養に入ればよろしゅうございまする。もし、詳細を報告しなければならぬならば、上様ではなく、わたくしのところに来ればすみまする。わたくしに任せてくれれば、いかようでも上様にご心配をかけぬようお伝えできました」

阿部豊後守があきれた。

「主君に心配をかける。そのようなまねをする。これは甘え」

「ううっ」

家綱が詰まった。

「上様」

やさしい目で阿部豊後守が家綱を見た。

「そろそろお花畑番の思い出から離れられませ」

阿部豊後守が諭した。

「…………」

家綱が絶句した。

「ご聡明な上様のことでございまする。お気づきでございましたでしょう。深室がお花畑番のころに縋《すが》っていると」

「……つっ」

家綱が目をすがめた。

「ちょうどよい機会でございまする。深室をものの役に立つ者として、将来もお側に置きたいとお考えならば……」

「手元から離せと言うか」

「お決めになるのは、上様でございまする」

「きさま、そこまで申しておきながら、最後で逃げるなど」

決断を家綱に押しつけた阿部豊後守を、家綱が怒鳴りつけた。

「わたくしは家臣でございまする。誰を重用されるかは、主君のみの特権。それとも、深室の処遇をわたくしにお任せになられまするか」

「……もし、豊後に任せばどうする」

家綱が尋ねた。

「駿河か、大坂か、江戸より離れたところへ勤番として出しまする」

阿部豊後守が言った。

「なっ、なんだと」

「五年ほど行かせておきまする。五年もあれば、上様も深室も依存しなくとも生きていけるようになりましょう」

「……………」

依存と言われた家綱が沈黙した。

「では、これで下がらせていただきまする。なお、甲府には、少々釘を刺しておきまする。あと、用人の家は断絶といたしまするが、ご異存ございませぬな」

阿部豊後守が確認を求めた。

「……ああ」

力無く家綱がうなずいた。

「山本とかいう用人も、面倒を起こしてくれた」

御座の間から帰りながら、阿部豊後守が顔をゆがめた。

「女の色香に迷いおって」

阿部豊後守が吐き捨てた。

「美醜など皮一枚の差だ。どれだけ美しい女でも、歳老いればしわも増える。見た目に惑わされるから、家を潰す羽目になる。はあ、目付を呼ばねばならぬな」

大きく阿部豊後守が嘆息した。

旗本の死去にはかならず検死が出た。目付が配下の徒目付《かち》を連れて訪問、死体をあらため異常がないことを確認する。これが終わらないと家督の相続は認められない。屋敷の外で斬り死にしたなど、検死するまでもなく、取りつぶしの要件になる。

だが、抜け道はあった。

幕府は軍事を旨とする。そして旗本は戦うためにある。天下泰平となり、徳川に牙を剣く者はいなくなった。とはいえ、歴史が証明してきたように、力での支配は力で破られる。江戸の城下に敵が入りこんでいても不思議ではないのだ。

幕府は旗本が襲われることを想定していた。

襲われた旗本は、これを撃退しなければならない。当然である。幕府はすべての大名の上に立つ。武力で負けることは許されなかった。とはいえ、戦いは技量あるいは、戦力の差で決まる。襲われて倒されることもある。殺されたといって、すべてが罰の対象にならなかった。抵抗の証拠が在れば、許された。

抵抗の証拠、それは抜刀であった。

死んだとき、太刀を手にしていれば、家の存続は認められた。賢治郎と戦った山本兵庫は、太刀を手にして死んでいた。刃に血もついている。山本兵庫の死後二日目におこなわれた検死では、奮戦の証拠に目付たちが感心、相続に異議なしとの報告がなされていた。

阿部豊後守は、それをひっくり返さなければならなくなったのだ。

「お戻りか」

御用部屋に入った阿部豊後守を稲葉美濃守が待ちかまえていた。

「なにかの」

阿部豊後守が先ほどまでの疲れた表情を消して、飄々《ひょうひょう》とした顔で応じた。

「上様のお呼びはなんでございました」

稲葉美濃守が問うた。

「……………」

無言で阿部豊後守が稲葉美濃守を見た。

将軍から呼びだされた執政に、その用件を訊かないのが慣例であった。将軍からの密命など他人が聞いてはいけない話もあるからだ。

その決まりを破った稲葉美濃守に、阿部豊後守が不快な顔をした。

「いや、あの……お手伝いできることでもあればと」

稲葉美濃守が阿部豊後守の雰囲気にたじろいだ。

「お手伝い……」

「さよう。人の選定となれば、なかなか手間がかかりましょう」

「人の選定とは」

阿部豊後守が首をかしげた。

「引目でございましょう」

「……引目。ああ」

稲葉美濃守の言葉に阿部豊後守が理解した。

「なるほど、そうとったか。いや、執政ならば、そこまで読んでしかるべしだな」

阿部豊後守が納得した。

「なにか」

聞き取りにくかったのか、阿部豊後守の独り言を稲葉美濃守が確認した。

「いや、そうよな。お願いしようか。幾人か目星をつけていただいておいてもよろしいな」

阿部豊後守が稲葉美濃守へ述べた。

「急がれずともよい。なにせ、まだ先の話でござる。公表する時期は、上様のご指示があってからとなりまするでな」

「わかりましてございまする」

稲葉美濃守が喜色を浮かべた。

「おわかりとは存じまするが、この件は内密でござる」

「承知いたしておりまする」

念を押した阿部豊後守にうなずいた稲葉美濃守が、土屋但馬守へ向けて目配せをした。

「……ふん」

御用部屋の片隅に追いやられた自席へ進みながら、阿部豊後守は二人の意思疎通を見て取った。

「使えるな」

阿部豊後守がほくそ笑んだ。

四

順性院を迎え入れた甲府家は、混乱していた。

「山本兵庫がやられた」

綱重の扶育役から甲府家の家老となった新見備中守正信《にいみびっちゅうのかみまさのぶ》が驚愕《きょうがく》を露《あら》わにした。

「小納戸を仕留め損ねたのはまちがいないのか」

新見備中守が、藩士に確認した。

「傷は負わせたようではございますが……」

藩士が答えた。

「一刀流の免許皆伝と誇っておきながら、情けない」

新見備中守があきれた。

「せめて相討ちにはもっていけ」

「ご家老さま」

死者を罵《ののし》る新見備中守を、藩士がたしなめた。

「ふん。まあ、すんでしまったことはいたしかたない。で、山本の家はどうなった。無事相続が許されたのだろうな」

新見備中守が訊いた。

「目付の検死は無事に終わったと報告がございました」

「検死だけか。相続はどうなった」

詳細を新見備中守が尋ねた。

「山本兵庫には子がございませなんだゆえ、未だ」

藩士が告げた。

「直系がおらぬのか。安心できぬな」

新見備中守が眉をひそめた。

「相続が認められる。これは山本家に罪がないとの証《あかし》である。となれば、順性院さまに波及がないと確信できる。それが決まるまで、油断はできぬ。注意をしておけ」

「承知」

藩士が一礼して、出ていった。

「痛いな」

一人になった新見備中守が呟いた。

「大奥の手蔓《てづる》が切れた。御台所さまが懐妊されたかどうかの確認だけでもしていただきたかったところだが……」

新見備中守が腕を組んだ。

「今更大奥へ人を入れるなど迂遠《うえん》すぎる。やっと、殿にお世継ぎができ、館林を引き離せたというのに」

独りごちながら、新見備中守が腰を上げた。

「順性院さまにお出ましを願いたい」

竹橋御殿の奥へ向かった新見備中守が、表と奥の境目で控えている女中に頼んだ。

「ごつごうを伺って参りまする。しばし、お待ちを」

女中が早足で奥へ消えた。

竹橋御殿の表と奥は、二枚の板戸で遮られていた。日中とはいえ、決して開け放たれることはなく、当主綱重でなければ通ることはできなかった。

「手間だな」

先日まで順性院には簡単に会えた。桜田御用屋敷へ出向くか、あるいは順性院が竹橋御殿に来たとき座敷で面談するか、どちらにせよ周囲への気兼ねは要らなかった。それが、奥御殿に居を移されれば、そうはいかなくなった。表と奥の区別は、竹橋御殿も厳しい。これからは、一々順性院を表座敷まで呼び出さなければならなくなった。

「表座敷でお待ち下さいませとのお言葉でございまする」

女中が返答を持ってきた。

いかに当主の生母とはいえ、引き取られてしまえば、生活のすべてを任せることになる。今後は順性院も藩の実務を担当する家老には、ていねいな態度を取らなければならなかった。

「ご苦労であった」

うなずいて新見備中守が、表へ帰った。

表御殿の隅の座敷へ、順性院が現れたのは、半刻（約一時間）ほど過ぎてからであった。

「……待たせたの」

入ってきた順性院の声に張りがなかった。

「お方さま、お疲れのところ、お呼び立てして申しわけございませぬ。ご無理でございましたら、また後日でも」

新見備中守が気遣った。

「よい。急いで対処したほうがよいのであろう」

順性院が首を左右に振った。

「ありがとうございまする」

一礼して新見備中守が話を始めた。

「山本兵庫のことは残念でございました」

「うむ。哀れなことであった」

いっそう順性院がうなだれた。

「しかし、お方さまがご無事でなにより」

「…………」

「一つ、お願いをいたしまする。大奥におりまするお方さまの手の者のお名前をお教えいただけましょうか」

新見備中守が求めた。

「女中どもの名前か。知ってどうしやる」

順性院が訊いた。

「お方さまとの縁が切れるまでに、使いたく存じまする」

「使うとは」

「……お方さまは知られぬほうが、よろしゅうございましょう」

新見備中守が拒んだ。

「…………」

じっと順性院が新見備中守の顔を見た。新見備中守も目をそらさずに見つめた。

「中臈の明島《あきしま》、表使いの御代《みしろ》、使い番の立浜《たつはま》と香《こう》じゃ。他にも小者は何人かおろうが、妾《わらわ》は名も知らぬ」

順性院が名前を挙げた。

「取《と》り纏《まと》めをしております者は、中臈の明島でよろしゅうございますか」

「いいや、表使いの御代じゃ。明島は上様の手がつくかと思うて召し出した旗本の娘でな。美形ではあるが、あまり賢い女ではない。対して表使いは、大奥に出入りする物品すべてを差配する。賢くないと務まらぬ役目」

「なるほど。では、わたくしは御代と話をいたせばよろしゅうございますな」

順性院の説明に、新見備中守が首肯した。

「なにをさせるつもりかは知らぬが、もう妾の威光は消えた。思うように使いたいならば、見合うだけのものを出してやれ」

「金でございますか。いかほど」

新見備中守が訊いた。

「それはさせることにもよろう。ただし、いかほど金を積んでもさせられぬことはある」

「承知いたしております る。どれほどの栄華を保証しようとも、毒を盛らせることはできますまい。九族皆殺しでございますからゆえ」

順性院の言葉に、新見備中守が応じた。

「そうであったな。そなたが、そのようなおろかなことを命じるはずもなかった」

力無く順性院が笑った。そこには先代将軍の寵愛を受け、旗本一人を狂わせた艶《つや》も張りもなかった。

「では、これにて」

新見備中守が一礼した。

「老けられたな」

座敷を出た新見備中守が嘆息した。

「用人一人が死んだだけで、あそこまで気落ちされるとは。覇気のないお方さまなど、狙うほどの価値もない」

新見備中守が冷たく言った。

「お方さまを還俗《げんぞく》させ、吾がものとする夢は終わった」

歩きながら新見備中守が漏らした。

「さて、新しい夢を求めるとするか。殿の御世で老中となり、天下を思うがままに動かすという夢をな」

新見備中守が笑った。

賢治郎の怪我を知っても、当主作右衛門はなんの対応もしなかった。いや、顔を出しさえしなかった。紀州公へ加増を急かさせた報告さえ求めなかった。

「二千石よりも家の存続だ」

作右衛門は、賢治郎の身体の心配をしていなかった。

「やはり他の婿を取るべきだった」

旗本にとって、家の存続は吾が命よりも重い。

屋敷の側《そば》で争闘に及び、勝ち残ったとはいえ、襲撃者を斬り殺した。二人が戦っているところを目撃されていなかったので、目付の取り調べなどはうけていないとはいえ、相手は桜田御用屋敷用人。襲われての反撃だ。賢治郎のことが明るみに出たところで罪に問われることはない。とはいえ、まったく影響がないとはいえなかった。

戦国の世なら、敵を討ち取るのが手柄であり、武家の仕事であった。それが泰平になって変わった。人を殺してはいけなくなったのだ。

天下を取るには力が要る。では、泰平を維持するにはどうすればいいか。武力を否定すればいい。戦えば咎められる。武士の有《あ》り様《よう》を否定することだが、幕府はこれを強行した。

「今回のことで表だっての咎めはあるまい。賢治郎は上様のお気に入りだ。だが、執政衆はこのままですませはしまい。上様のお側に人を殺した不浄の者を置いておくはずなどない。近いうちに遠くへ飛ばされるはずだ」

幕府のやり口は、長く役人を務めていた作右衛門のよく知るところであった。

「娘が傷物扱いとなり、格上から婿をとれなくなるが、いたしかたあるまい。儂まで巻きこまれる前に、切り捨てておかねばならぬ」

作右衛門は、決意した。

「出てくる。供は不要」

屋敷を出た作右衛門は、松平主馬を訪れた。

「何用だ。出入りは禁じたはずだが」

不快な顔で松平主馬が応対した。二人は仲違《なかたが》いしていた。

「お恨み申しあげますぞ、松平どの」

作右衛門は敬称を変えた。さまだった敬称を同格のどのにした。

「なにを恨むというか」

「あのような男を、よくも我が家に押しつけてくれましたの」

憎しみをこめた目で作右衛門が松平主馬をにらんだ。

「なんだ、その無礼な目は」

「貴家とのご縁はなかった話とさせていただきまする」

「賢治郎を離縁すると。いまさら、なにを言う。吾が推挙で出世したのは誰だ」

松平主馬が言い返した。

「たかがこのていどのことでは、割が合いませぬわ」

作右衛門が吐き捨てた。

「なにがあった」

「ご存じないとは、平穏なお方よな」

問う松平主馬に作右衛門があきれた。

「お聞かせいたそう……」

「なんだと……」

聞いた松平主馬が絶句した。

「賢治郎が桜田御用屋敷用人を殺しただと」

「吾が目で見ましたわ。斬り殺された用人も、賢治郎の傷も。血まみれの太刀も」

忌避するように身体を反らしながら、作右衛門が告げた。

「あのような怖《おそ》ろしい者を、三河《みかわ》以来の旗本深室家の家系に入れられませぬ。養子のお話はなかったことにさせていただきまする」

「勝手なことを言うな」

「近日中に引き出物などをお返しにあがりまする」

言うだけ言ったと作右衛門が立ち去ろうとした。

「儂の推挙で昇進し、受けた加増はどうする。利だけ取るつもりか」

松平主馬が怒鳴りつけた。

「うっ……」

作右衛門が詰まった。

推挙があったとはいえ、役目に就けたのは幕府である。推挙人と仲違いしたからといって辞さなくともよい。まして加増された石高の返却などは論外である。加増をしたのは、将軍なのだ。その加増を返す。これは、将軍に仕える気がないか、あるいは将軍に見る目がないといった意味をもってしまう。言い出しただけで、家が潰されるのは確実であった。

「ふん。うまい具合に文句をつけて賢治郎を捨て、いいところだけ残そうなど、貴様の考えそうなことだ。これだから身分の卑《いや》しき者は度し難い」

松平主馬が罵《ののし》った。

「無礼な」

「憤るだけの矜持《きょうじ》があるならば、賢治郎を引き取る前の状況に戻してみよ。できぬくせに、一人前の顔をするな。そもそも、そなたなど生涯大番組でくすぶり続け、一石の加増も受けられず終わるはずだった。そのくせ、上ばかり見ていたな。分不相応な望みを……千石だったか。笑ってしまうわ。千石は名門と呼ばれる旗本が与えられる禄と格。九百九十石と一千石の間には、目見えできるできない以上の溝がある。その溝をこえられるなどと、五百石づれが、身の程を知れ」

嘲笑を松平主馬が作右衛門へ浴びせた。

「おのれっ……」

作右衛門が脇差の柄に手をかけた。

「抜けるか。ここは松平家の屋敷内だ。抜けばただではすまぬ。その身は切腹、家は取り潰し、娘は流罪《るざい》。その覚悟ができているのだろうな」

「くうううう」

作右衛門が歯がみをした。

「禄と役職を旧に復してから来い。さすれば、賢治郎を引き取ってくれるわ。不愉快だ。去れ」

唾を吐きかけんばかりの口調で、松平主馬が作右衛門を追い出した。

「まずいな」

松平主馬が頬をゆがめた。

用人がいなくなってから、松平主馬は世間の動向に疎《うと》くなっていた。

三千石寄合席ともなれば、大名も同然である。当主は登城する以外、まず屋敷からでない。また、出たとしても家臣以外と触れあうことなどしない。阿部豊後守から叱られて以来登城を控えていた松平主馬の耳に、御台所懐妊の噂も、それに起因する騒動もいっさい届いていなかった。

「養子に出したとはいえ、賢治郎が松平家の一門であるのはちがいない」

松平主馬が独りごちた。

「義絶の届けを出しておくべきであったな」

放逐しておきながら、松平主馬は賢治郎を義絶していなかった。旗本にとって義絶は大きな意味をもつ。一門筆頭の当主だけが行使できる。義絶は、私的な出入り禁止ではない。公的にも効力を発した。当たり前である。旗本はあまねく将軍の家臣なのだ。将軍の命があれば、ただちに身を挺《てい》して戦場に赴かなければならない。その旗本同士が、仲が悪くては戦場で困る。戦の場で、好き嫌いなど悠長なことをと思うかも知れないが、わずかな連携の遅れやずれで勝ち戦が敗走に変わるなどいくらでもあるのだ。私怨《しえん》までは把握しきれないが、義絶は旗本として幕府へ報告を出さなければならなかった。

「しかし、賢治郎は上様のお気に入り。その賢治郎を義絶などすれば、松平が上様に嫌われかねぬ」

松平主馬が義絶の手続きをしてこなかったのも保身であった。

「今からでも義絶すべきだ」

義絶してしまえば、深室から放たれた賢治郎を引き取らなくてもすむ。

「右筆《ゆうひつ》に願いをあげるまえに、根回しをしておかねばならぬ」

幕臣の相続から世子の届け、義絶などの届けは、すべて右筆が取り扱った。右筆の筆が入らなければ、届けをあげても効力は発しない。さらに右筆は幕臣にかかわることだけでなく、幕府すべての書付をあつかうだけに、多忙を極める。普通にしていては、届けの認可までかなりの日数がかかってしまう。それを短縮するには、手があった。賄賂《わいろ》である。書付を優先させるのに見合う金額を支払えば、待ちの期間は短くなった。

「金でどうこうできる短縮では間に合わぬかも知れぬ。明日にも目付が賢治郎を捕縛《ほばく》すれば、義絶が後手《ごて》になる」

後付けでの義絶は認められなかった。

「堀田備中守さまにおすがりするしかない」

いつの世でも役人を動かすのは、金と権力者の一言である。奏者番から気遣いを求められれば、右筆のような小役人は従うしかなくなる。もちろん、かなりの金は要るが、三千石を潰すよりは安い。

「駕籠《かご》を用意いたせ。出かける」

松平主馬が腰をあげた。


武家の門限は日没と決まっていた。門限をすぎて屋敷の外に出ているのが、目付に見つかればただでは終わらない。しかし、泰平の世が続くと、危機感も薄れる。それほど多いわけではないが、夜、出歩く旗本、大名も珍しくはなかった。


「血相を変えてどうなされた」

駕籠で乗りつけた松平主馬を堀田備中守が出迎えた。

「お力添えをお願いいたしたく」

「わたくしでできることでしょうや」

堀田備中守が問うた。

「右筆にお話を……」

詳細を松平主馬が語った。

「なるほど。他ならぬ松平どののお願いならば、この備中守、微力を尽くさせてもらいましょうぞ」

あっさりと堀田備中守がうなずいた。

「かたじけのうございまする」

「さあ、急ぎお戻りになり、出される書付をご用意なさいませ。さすがに書付なしに、わたくしが口利きはできませぬでな」

堀田備中守が促した。

「わかりましてございまする」

感激して松平主馬が帰っていった。

「義絶か。あいかわらず小者は考えることが姑息《こそく》であるな」

吐き捨てるように堀田備中守が言った。

「上様の寵臣を義絶する。その意味がわからぬほど愚かであったとはな。しかし、これは使えるな。寵臣が起こした刃傷沙汰《にんじょうざた》。上手《うま》く使えば、深室賢治郎を排除できる。上様の耳目を奪えれば、どう転んでも余の得になる。世間を知ることができなくなった上様を吾がつごうの良いように導くのは容易。もちろん、奏者番でしかない今では、すぐ効果の出るものではないが、いずれ執政となったときの布石として、上様の耳目を潰すか」

堀田備中守が小さく笑った。

第五章　暗闘の緒

一

旗本の病気療養はあいまいであった。何カ月以上出仕しなければ、免職というような明確な規定はなく、役目を務めるに不十分であると組頭などが判断すれば、かなり長期間でも休めた。おおむね、身体を使う番方では病気療養の期間が短くなりやすく、頭と筆を酷使する勘定方などではかなり甘いのが普通であった。

「なにをなさっておられまする」

氷のような声が、庭で素振りをしていた賢治郎の背中にかけられた。

「……あっ」

振り返った賢治郎は、目をつり上げている三弥の顔に詰まった。

「お身体を動かすのは、お医師より禁じられていたはずでございますが」

三弥が厳しく咎めた。

「今朝方より、ずいぶんと調子がよく、もうよいのではないかと……」

「賢治郎さまは、小納戸月代御髪係でございましたはず。お医師ではございますまい。よいか悪いかの判断はお医師の仕事でございましょう」

「いや、己の身体のことでござれば、もっともよく知っているのは、拙者で……」

「お黙りなさいませ」

ていねいな口調ながら、三弥の語気は強かった。

「お怪我をなされた日に、お医師が言われました。筋に傷がついているゆえ、無理をすれば、取り返しのつかないことになる。お忘れになられたとでも」

「わ、忘れてはおらぬが……じっとしているだけでは、身体が鈍《なま》ってしまいまするゆえ」

賢治郎は言いわけをした。

山本兵庫との戦いは、賢治郎に大きな衝撃を与えた。わずかな差が勝ち負けを決める。あらためて賢治郎は痛感させられた。もし、前々回の争いで、賢治郎が山本兵庫の右臑に傷を負わせていなければ、勝負はどうなっていたかわからないのだ。

賢治郎が生き残れたのも、まさに紙一重の結果でしかなかった。もう一度、山本兵庫と対峙《たいじ》したら、勝てる気はしていない。

「身体が鈍る。けっこうではございませぬか。剣を抜かなければ、争いごとに巻きこまれずともすみましょう」

三弥が反論した。

「それは違いまする」

賢治郎は否定した。

「争いごとは、こちらに合わせてくれませぬ。今日は太刀を忘れてきたので、明日にしてくれと刺客に頼んでもきいてはくれませぬ」

「…………」

三弥が黙った。

「そして面倒ごとは、わたくしの身体が治るまで待ってくれますまい」

はっきりと賢治郎は首を左右に振った。

「屋敷まで面倒ごとが押し寄せるとでも。留守居番と小納戸の親子奉公をしている旗本の屋敷に、踏みこんで無体《むたい》をしでかす。そのようなまね、御上が許されますまい。たとえ、相手が御三家でさえ無事ではすみませぬ」

あっさりと三弥が論破した。

大名の屋敷は出城であった。城門に当たる表門が開かない限り、屋敷が燃えていようとも他人の手出しはできないのが決まりである。

では、旗本の屋敷はなんなのか。旗本の屋敷は、幕府の砦《とりで》であった。万一、江戸城に敵が押し寄せてきたとき、いきなり籠城《ろうじょう》するわけではなかった。最後には城に立てこもるとしても、その前に抵抗し、少しでも侵攻の勢いを殺す。旗本の屋敷はそのための拠点となった。その拠点へ押し入り、賢治郎を害する行為は、幕府への叛逆《はんぎゃく》に他ならない。たとえ相手が紀州大納言であろうとも、見て見ぬ振りはできないのだ。それは武力をもって天下を維持している幕府自らが、権威を落とす行為であり、諸大名の嘲笑を買う。どのような理由があろうとも、黙って見過ごされることはなかった。

「……………」

今度は賢治郎が沈黙する番であった。

「おわかりになられましたならば、お部屋へお戻りなされませ」

「……わかりもうした」

促されて賢治郎は庭からあがった。

すでに傷を負ってから十日が過ぎていた。

「……うっ」

自室に座ろうとした賢治郎が小さくうめいた。

「痛まれましたか」

言わぬことではないとばかりに、三弥が咎めるような目で見つめた。

「たいしたことではございませぬ」

あわてて賢治郎は打ち消した。

「……お薬を」

一瞬、目つきを鋭くした三弥だったが、すぐにいつもの表情に戻った。

傷から出る熱は下がったが、いつ再発しないとも限らない。賢治郎は医者から処方された煎《せん》じ薬《ぐすり》を、毎食間に服用している。その用意に三弥が取りかかった。

煎じ薬とは、手間のかかるものであった。薬缶《やかん》に湯を沸かし、そのなかに薬を入れ、長い時間をかけて煮出すのである。

もちろん、台所などで煎じたものを持ちこんでもなんの問題もないが、煎じ薬のなかには癖のある匂いを発するものも少なくない。食事に匂いが移るのを嫌い、別の部屋で煎じることもある。そのため、賢治郎の部屋に野点《のだて》用の風炉が置かれていた。

「どうぞ」

大ぶりの茶碗になみなみと注いで、三弥が煎じ薬を手渡した。

「かたじけない」

賢治郎は黒く薬くさい薬湯《やくとう》を受け取り、少しずつ口に含んだ。

「……いただきましてございまする」

山のような煎じ薬を、賢治郎はゆっくり飲み干した。

「では、おやすみをなされませ」

三弥が夜具を用意した。

「まだ日が高うござれば、少し書見でもいたしたく」

賢治郎は申し出た。

「あれだけ申しあげましたが、まだおわかりではございませぬので」

すっと三弥の声音が変わった。

「…………」

「あなたさまは、怪我人でございまする。怪我人の仕事はただひとつ、治すことだけ」

「……はい」

小柄な三弥に迫られて、賢治郎は首肯するしかなかった。

背中の傷を保護するため、賢治郎はうつぶせで横たわった。髷《まげ》を結っていれば潰さないように仰向《あおむ》けでなければならないが、元結いを切ってしまえばうつぶせでも問題はない。とはいえ、ずっと仰向けで寝てきたのだ。うつぶせには慣れていない。賢治郎は横になったが、なかなか眠りに落ちることはできなかった。

「まだおやすみになれませぬか」

三弥が賢治郎の顔を見下ろした。

「疲れてもおりませぬし」

顔だけあげて賢治郎は応えた。

「目を閉じておられれば、そのうち眠くなられましょう」

子供相手のように三弥が諭した。

「……はあ」

あきらめて賢治郎は目を閉じた。

傷を負って以来、三弥は賢治郎の側につきっぱなしであった。夜さえも、夜具を持ちこんで、部屋の隅で寝ていた。それも賢治郎が眠りについたのを確認してから休み、側を離れるのは、食事や入浴などごくわずかな間だけというありさまであった。

「……賢治郎どの」

しばらく静かに見守っていた三弥が声をかけてきた。

「なんでございましょう」

「そのままでお願いいたしまする」

顔をあげようとした賢治郎を、三弥が止めた。

「はい」

すなおに賢治郎はもう一度目を閉じた。

「……お役目を退いてはいただけませぬか」

三弥が小さいながらしっかりとした口調で言った。

「な、なにを……あつっ」

賢治郎は驚愕《きょうがく》で、起きあがろうとして、傷している右肩に力を入れてしまった。

「いけませぬ」

そっと三弥が賢治郎の両肩を押さえた。

「お痛みでございましょう。その痛みは、いずれ消えましょう。しかし、お役目を続けられているかぎり、また同じ目に遭われるやもしれませぬ。いえ、今度は死ぬやも……ですが、お役目を退かれれば、二度となくなりまする」

「お役目は上様より承ったもの。辞するなどできませぬ」

強く賢治郎は拒否した。

「死ぬとわかっていても」

「それが旗本というものでございましょう。上様のお役に立つことで禄をいただいている」

三弥の問いかけに、賢治郎は正論で返した。

「わたくしがお願いしても」

「………」

無言で賢治郎は肯定を示した。

「いたしかたございません」

小さく首を振って、三弥が背筋を伸ばした。

「深室家から職を辞する旨、届けさせていただきまする」

三弥が宣した。

「そのようなまね、上様が許されるとでも……」

「上様のもとまで報せが参りましょうや。小姓組ならまだしも、小納戸は身分低き者。その異動に上様のお許しは要りませぬ」

「うっ……」

賢治郎は絶句した。

「勝手なことを」

「どちらがでございまする」

怒鳴りつけようとした賢治郎は、三弥の泣くような声に遮られた。

「小納戸のお役目でございますか、白刃《はくじん》を抜いて戦うのは」

「…………」

言われて賢治郎は黙った。

家綱からその耳目となって、治世の手助けをするようにと命じられたのは、賢治郎だけである。本来の小納戸とは、将軍の食事や着替え、居室の掃除などをする雑用係でしかない。まちがえても刺客に狙われる役目ではなかった。

「あなたさまはよろしゅうでしょう。上様のご命に従って戦い、傷を負ったのも誇りかも知れませぬ。ですが、わたくしはどうすればよろしいので」

「ど、どういう……」

「今日は無事でお帰りになるかどうか、朝お送り出してから、お迎えするまで、ずっとわたくしが不安でいるのがおわかりではございませんか。毎日、わたくしが玄関にいることにお気づきでしょう」

「あ、ああ」

賢治郎は首肯した。なぜか、三弥は賢治郎が大門を潜《くぐ》るときには、玄関にいた。

「朝からずっと動けないのでございまする。無事なお顔を拝見するまで」

三弥が泣いていた。

「……………」

拭いもせず流れるままの涙に、賢治郎は言葉を失った。

「前も申しあげました。わたくしの夫は、あなたさまだけ。おわかりでございますか。女がそう決めた意味を」

問いながら、三弥は賢治郎の答えを待たずに続けた。

「おわかりになりますまい。男のかたには、女の覚悟など」

小さく三弥が首を振った。

「覚悟……」

賢治郎は息を呑んだ。つい先日阿部豊後守から聞かされた御台所の覚悟と同じ言葉が三弥の口から出た。

「失礼いたしまする」

賢治郎が問う間もなく、三弥が部屋を出て行った。

「主君に忠義、命を捧げる。これが武家の覚悟だ。事実、吾はいつでも上様のために死ねる」

残された賢治郎は口にすることで確認した。

「では、女の覚悟とはなんなのだ」

覚悟とは、命をかけるものである。そう、賢治郎は父多門から教えられて来た。覚悟とは、武家だけのものとは言わないが、庶民が軽々しく口にしてよいものでないほど重い。

「泣いていたな……」

賢治郎は答えの糸口さえわからなかった。

二

お気に召さぬことこれあり、山本兵庫の家督は許されず、絶家を命じる。

山本兵庫の本家へ目付が突きつけた通達は大きな波紋を呼んだ。

「奮闘いたしたはず」

抜き合わせていれば、家は潰されないという慣例に従い、一族から子供の居なかった兵庫の跡目を出そうとしていた親戚が、使者である目付に食い下がった。

「太刀を抜いていたかどうかによるものではない」

目付が否定した。

「絶家となさる理由をお教えいただきたい」

代々続けていける家督を取りあげるのだ。相応の理由がなければ納得いかない。普段ならば近づきたいとも思わない目付へ、山本本家の旗本が求めた。

「上様の思《おぼ》し召《め》しである」

目付は繰り返すしかなかった。

不届きであるとか、勤務態度よろしからずとかいうならば、その旨が上意に記される。だが、山本兵庫の絶家通達には、理由らしいものがなかった。

「それはあまりではございませぬか。山本家は、三河以来の旗本でございまする。神君さま以来、四代にわたってお仕えし、討ち死にした者も数多くおりまする。その山本家をわけなくお潰しになられるとは、あまりといえばあまり」

本家が再考をと願った。

「それ以上口にするな。聞き逃せぬぞ」

家綱の批判になると目付が警告した。

「……しかし」

「しつこい。これは上様のご意思である」

まだ言いつのろうとする本家を目付が抑えた。

「今回のことは、阿部豊後守さまからのご命である」

「豊後守さま……」

言われた本家の旗本の顔色が変わった。

「ご老中さまが直々《じきじき》に目付部屋まで足を運ばれ、山本兵庫の家督を否定されたのだ。なにをしでかした」

逆に目付が訊いた。

「わかりませぬ。わたくしどもも山本兵庫とは一門ながら、ほとんど交流はなく……」

老中、それも家綱の扶育をになった阿部豊後守が出てきたのだ。係累に家督を継がせようとしていた本家の旗本が、あわてて兵庫との距離を取り始めた。

「本当に知らぬのだな。後でかかわりがあるなどと知れたら、罪は重くなるぞ」

目付が厳しい声を出した。

「とんでもございませぬ」

本家の旗本が大きく手を振った。

「ならばさっさと立ち去れ。この屋敷は封される」

「はい」

目付の指示に一門の旗本たちが屋敷を後にした。改易には闕所《けっしょ》が伴う。闕所とは財産没収のことで、改易となった場合、建具はもとより庭石一つ動かすことは禁じられる。当座の生活費にもみたない些少な金と愛用していた両刀、仏壇など先祖の祀《まつ》りにかかわるものだけが持ち出しを許されている。だが、一族は将軍の怒りを買った山本兵庫の後難をおそれ、何一つ手にしようとはしなかった。

旗本一つが改易されただけ……別段珍しい話ではない。跡継ぎがなくて絶家、賄賂などを受け取っていた罪で改易、年間いくつかの旗本が潰されている。山本兵庫も話題になることもなく世間に埋没した。


「なんだと……一度は許された家督がひっくりかえされただと」

甲府家家老新見備中守が報告を受けて驚愕した。

「矜持の高い幕府が、決定を覆《くつがえ》すなどありえん」

新見備中守が首を左右に振った。

幕府は天下の覇者である。その決定は絶対でなければならなかった。朝令暮改とまではいわなくとも、一度決めたことを変更するのは政として悪手《あくしゅ》であった。幕府もまちがうということを世間に報すだけでなく、その命令が絶対ではないと教えることになる。次第によっては、幕府も折れるという前例であった。

「上意だそうでございまする」

「ありえん。将軍は飾りだ。八万騎の旗本すべてを知っているはずなどない。当主が死んでの相続に口をはさむなど……」

報告に来た藩士に新見備中守が述べた。

「……そうか、深室か。深室め、将軍へ願ったな。山本家の断絶を」

新見備中守が思い当たった。

「詳細はわかっているのか」

藩士へ新見備中守が訪ねた。

「一門の者から聞きましたところ……」

「阿部豊後守がか」

一層、新見備中守が顔をゆがめた。

「まずいな。こうなるならば、順性院さまを引き取るのではなかった」

「それは……」

藩主の母を捨てると言ったに等しい。さすがに藩士が新見備中守を咎めるような目で見た。

「言い過ぎたな。なれど、まだ順性院さまが桜田御用屋敷にいてくだされば、上様の目はそちらに向いた。甲府へ注意を引かずにすんだのは確かだ」

詫びながらも新見備中守が続けた。

桜田御用屋敷用人は常設の役目ではなかった。姫様方、側室たちなどが、病気療養のため桜田御用屋敷に入った間だけ設けられる。つまり将軍の縁者のためだけにある。そして先日まで、桜田御用屋敷には順性院だけが住んでいた。そう、山本兵庫は順性院付きの用人だった。もし、今も順性院が桜田御用屋敷に残っていてくれれば、山本兵庫のしでかしたことの事情聴取は、桜田御用屋敷でおこなわれた。

「知らぬ存ぜぬをとおすにしても、桜田御用屋敷か、竹橋御殿かでは大きく違う。これくらいはわかるな」

「……うっ」

新見備中守を咎めた藩士が目をそらした。

桜田御用屋敷ならば順性院もかかわっていると世間は取る。しかし、竹橋御殿に目付が入れば、周りは綱重もかかわっていると受け取りかねない。

将軍の寵臣を葬ろうとした山本兵庫が個人の遺恨でやったなど、百人中百人が思っていない。その裏に将軍継嗣がからんでいると気づかないようならば、政の闇を渡れるはずもなかった。

「目付の聴き取りを避けるわけにはいかぬ」

いかに将軍の弟の藩とはいえ、大目付や目付の正式な調査を拒むわけにはいかなかった。

「世間が耳目をそばだてている今はまずい。少しほとぼりが冷めてくれぬと」

難しい表情を新見備中守が浮かべた。

「お方さまには、病になっていただくしかない」

いかに幕府の目付とはいえ、病人の枕元までは押し寄せて来ない。例外はある。謀《む》反《ほん》は別だ。謀反の場合、病人であろうが気にされない。それこそ、墓まで暴《あば》いてでも調べる。

「三月《みつき》、いや、一月《ひとつき》でいい。ずらしていただかねば。それだけあれば、なんとかこちらも手が打てる」

新見備中守が述べた。

「それくらいは簡単でございましょう」

病との届けに医者の書付は不要であった。藩士が言った。

「届け出はな。もし、幕府から医師が派遣されたらごまかせぬぞ。順性院さまは、先代上様の側室で殿のご生母ぞ。幕府がお見舞いと称して医師をよこさぬとはかぎらぬ」

「たしかに」

藩士が理解した。

「…………」

「どうかなされましたか」

不意に黙りこんだ新見備中守へ、藩士が声をかけた。

「医師だ。なぜ、思い当たらなかった」

新見備中守が不意に口にした。

「なんでございましょう」

家老の急変に、藩士が質問した。

「医師だ。御台所さまのご懐妊を告げた医師に聞けばわかるではないか」

「えっ」

「まだ、わからぬのか。医師ならば、御台所さまの懐妊が真実かどうか知っている」

「あっ」

二回言われて、藩士が気づいた。

「医師を探せ。発表は半井典薬頭《なからいてんやくのかみ》だが、実際は違う。産科だ」

御台所の懐妊を判断できるのは、産科だけである。本道や外道の医師では懐妊の有無を判断できなかった。

「承知」

藩士が駆けだした。

幕府に出仕している医師は二種類に分かれた。将軍とその一族を専門とする奥医師と、それ以外の役人たちの急病に備えて、城中に詰める医師である。この二つには厳密な区別があった。

奥医師は将軍と一門以外を診《み》ない。大老や老中などの功臣が病に倒れたときなど、将軍が特別に派遣させるときもあるとはいえ、ごくまれである。だけに、誰が御台所の診察をしたかを調べるのは簡単であった。

甲府藩がその名前を知るには、半日も要らなかった。

「奥医師馬野順庵《まのじゅんあん》」

「呼べ」

新見備中守が指示した。

すぐに藩士が馬野順庵の屋敷へと向かった。

江戸城中では、将軍とその一族しか診ない奥医師だが、屋敷で開業することは許されていた。屋敷へ来て診療を求める者がいれば、庶民でも差別をしない。これは役目という枠をこえた医道にもとるものであった。

医は仁術。これを儒学を政の基本としている幕府は否定できない。

城中では老中でさえ望めない奥医師の診療が、城下ならば庶民でさえ受けられる。大きな矛盾であった。といっても、そこいらの医師に比べて、役料は数倍かかる。なかなか庶民に手の届く相手ではなかった。

「こちらは馬野順庵先生のお屋敷でよろしかろうか」

甲府家の家臣が訪れた。

「屋敷まで往診をいただきたくお願いに参りました」

ただちに連れていけるよう、甲府家の家臣は駕籠まで用意していた。

「往診でございますか」

応対に出た馬野順庵の弟子らしい若い男が、表情を曇らせた。

「なにか支障でも」

「あいにく順庵は、出かけておりまして」

弟子が答えた。

「お戻りはいつでしょうや。一刻（約二時間）ほどなれば、お待ち申しあげまするが」

「あいにく当分の間、留守をいたすことになっておりまして」

申しわけなさそうに弟子が告げた。

「どういうことだ」

意外な返答に藩士が慇懃《いんぎん》な態度を捨てた。

「……長崎まで医術修業に」

「なんだと」

おずおずと述べた弟子に、藩士が言葉を失った。

「嘘をつくな」

しばらくして復活した藩士が、弟子に詰め寄った。

「……幕府からお許しを得て……」

弟子が後ずさりながら言った。

帰ってきた藩士から報告を受けた新見備中守がほぞを噛んだ。

「後手に回ったか。阿部豊後守め。死に損ないのくせに、いつまで出しゃばるつもりだ」

新見備中守が罵った。

「だが、老いたな」

あっさりと新見備中守が怒気を収めた。

「どういう意味でございましょう」

藩士が首をかしげた。

「要らぬ手を打ったのだ、阿部豊後守はな。医師をそっとしておけば、我らはまだだまされていただろう。なれど阿部豊後守は、馬野順庵を長崎へ逃がした。わかるだろう。順庵におられては困るから、こういう手を打たざるを得なかったのだ」

「ああ、なるほど」

ようやく藩士にも話が飲みこめた。

「ふん。これでわかったわ。御台所の懐妊は偽りだ」

新見備中守が断じた。

「皆に伝えろ。大奥への繋《つなぎ》がりは停止する」

「順性院さまの手の者たちとの連絡はいかがいたしましょうや」

藩士は新見備中守から、大奥に順性院の腹心が残っていると聞いていた。

「放っておけ」

興味をなくしたと新見備中守が切り捨てた。

「今、大奥に近づくのは愚策と知れたのだ。老いて衰えたとはいえ、阿部豊後守のことだ、しっかり大奥の周囲に網くらいは張っていよう。引っかかってくる者を待ち伏せ、馬鹿をした者に引導を渡す。罠《わな》だ。はまってやる義理はない」

新見備中守が告げた。

「知恵伊豆よりも深いと言われた阿部豊後守の策、この儂《わし》が見抜いてくれたわ」

大きく新見備中守が胸を張った。

「せっかくだ。利用させてもらおうではないか、阿部豊後守の策をな」

「どうなさるおつもりでございますか」

藩士が訊いた。

「館林に罠へ落ちてもらう」

新見備中守が宣した。

「儂が阿部豊後守よりも優れているというのを、見せてやる。馬野順庵によく似た者を用意せい。儂は順性院さまにお願いをしてくる」

新見備中守が手配を命じ、腰をあげた。

甲府藩士に脅されていた医師の弟子が、阿部豊後守の前で両手をついていた。

「やっと来たか」

阿部豊後守が嘆息した。

「遅すぎるにもほどがある。あのていどのこと翌日には手配していなければならぬ。まったく、新見も牧野も情けない」

小さく阿部豊後守が首を左右に振った。

「このていどの者に傅育されたとは、綱重さまも綱吉さまもご不幸なことだ」

阿部豊後守が瞑目《めいもく》した。

「まあ、泰平の世には、ありがたいのかも知れぬ。乱世ならば、優秀な弟は支えてくれるが、泰平では当主の座を争う敵になる。愚かな兄弟ならば、その心配はない。上様へ牙を剝こうと考えたところで、すぐにばれる。ふむ。ひょっとすれば、家光さまはそこまで読んで、新見と牧野に傅育を命じられたのかも知れぬな」

阿部豊後守が口にした。

「さて、新見はどう動くか。賢いならば、このまま動かぬ。己を賢《さか》しいと思いこんでいる愚か者なれば、館林を追い落とそうとするであろう」

「館林を……どういたそうと」

甲府藩士に脅されていたときの脅えた顔とはまったく違った落ち着いた表情で、弟子が問うた。

「大奥へ手出しをさせようとするであろうよ」

「館林がのりましょうや」

弟子が尋ねた。

「のる。まちがいなくな。館林は焦っている。甲府より二点で劣っているからの」

「二点……一つは長幼とわかりまするが、もう一点は」

「子がおらぬからの、種なしかも知れぬ」

「た、種なし……」

遠慮のない言いように弟子が目を剝いた。

「担ぎ上げたが、一代限りでは困ろう。権を手にした者は、子や孫に譲りたいと思うのが当たり前だ」

阿部豊後守が口の端をゆがめた。

「焦りは見る目を失わせる。人には動かねばならぬときがある。そして動いてはならぬときもある」

「館林には黒鍬者がおりまするな。それを使わせると」

弟子が尋ねた。

「黒鍬者は使えぬ。いや、黒鍬者が嫌がろう。先日一人失ったばかりだ」

阿部豊後守が否定した。

「では……」

「大奥の女中を使ってくる」

はっきりと阿部豊後守が断言した。

「女中を……」

「あらたに送りこんでくるはずだ。よく、七つ口を見張っておけ。御台所さまを害するための女をな」

「御台所さまを害するなど、伊賀に対する挑戦でございまする」

弟子の表情が変わった。弟子に化けていたのは御広敷伊賀者であった。

「防げるな」

「仰せられるまでもございませぬ。伊賀には手練《てだ》れの女忍がおりまする」

阿部豊後守の問いに、伊賀者が胸を張った。

「防げよ。御台所さまは、上様にとってなくしてはならぬお方じゃ」

念をおすように阿部豊後守が言った。

三

館林と甲府は兄弟ながら、敵であった。表だっては、近い親戚として穏やかな交流をしているが、その裏では互いに細作《さいさく》を入れるなど、暗闘を繰り返していた。

「甲府に奥医師が来たというか」

牧野成貞が甲府家の奥へ入れている女中からの報せに沈思した。

「はい。御台所さまのご懐妊を診た奥医師馬野順庵を順性院がまねかれたとのこと」

「なんのために……そうか、その手があったか。医師に訊けば御台所さまの体調は知れた。ええい、後手を踏んだか」

牧野成貞が頬をゆがめた。

「いたしかたないな。で、医師はなにを話した」

「呼ばれて二人だけで小半刻（約三十分）密談をなされたそうでございまするが、他人払いされたうえ、警戒も厳しく、内容までは」

「その医師を急ぎ呼べ」

「それが……」

細作として忍んでいる女中との繋ぎを担当している家臣が言いよどんだ。

「申せ」

「医師は竹橋御殿にそのまま残っているそうで」

「なにっ」

牧野成貞が目を剝いた。

「おのれ、新見備中守め。我らに教えぬつもりだな」

「いかがいたしましょうや」

「一手遅れたぶんを取り返さねばならぬ。なれば、思いきった手を打つしかあるまい」

牧野成貞が厳しい表情を浮かべた。

「女中を三人用意せよ。家中の娘で忠誠心の厚い者でなければならぬ。美醜などどうでもいい」

条件を口にした牧野成貞が、続けた。

「身許《みもと》を偽ってから大奥へ入れろ。御台所と佐波の方の命を奪え」

基本として大奥の女中は目見え以上の旗本の娘でなければならない。が、それは終生奉公だけの者であり、雑用をこなすていどの身分低き者ならば、空きがあり、身許がはっきりしていればなれた。

「あと、黒鍬へ伝えよ。小納戸深室賢治郎が傷を負って戦えぬとな」

牧野成貞が指示をした。


大奥には数百をこえる女中が生活をしていた。内わけは将軍に目見えできる女中が百ほど、残りが生活を支える下働きの女中たちである。

さすがに目見えできる女中ならば、誰もが顔を知っている。しかし、下働きの女中は身分が低いこともあり、そのすべてを把握している者は大奥にも、御広敷にもいなかった。

「中臈氷川《ひかわ》さまのお末《すえ》となりました瀧《たき》でございまする」

数日後、一人の女中が御広敷七つ口に顔を出した。

「聞いておる。通れ」

御広敷番頭は一通り大奥から出されていた人相書きと照らし合わせただけで通行を認めた。

「お使番皆川《みながわ》さまのお末として参りました」

一刻後、別の女中が七つ口に現れた。

「うむ。富江《とみえ》に相違ないな。通れ」

「呉服の間付き末になりました。和《かず》と申しまする」

さらに半刻おいて、もう一人女中が七つ口に来た。

「気を抜かずにあい務めよ。通れ」

最後の女中もあっさりと七つ口を通過できた。

「あっけないもの」

「これでだいじないのでしょうや」

「今までなにごともなかったのだ。あのようなものでございましょう」

大奥で顔を合わせた三人の女中があきれた。

「では、さっそくに。打ち合わせどおり、わたくしと富江さんで御台所さまを、和さんは佐波さまを」

「…………」

「はい」

瀧の差配に、残り二人が首肯した。

最下級になるお末にはお仕着せが与えられなかった。表以上に厳しい身分差をつけている大奥で、雑用係のお末は人扱いされていないからである。犬がどのような毛並みであろうとも、誰も気にすることはない。犬は犬なのだ。中臈や表使いなどの高級女中からみれば、一々お末を個別に認識する意味はなかった。

「そなた、ちと水を持って来やれ」

「そこの者、ここを掃除しておきや」

御台所の館へ向かって進む瀧と富江は、何度も足止めを喰らった。

「はい。ただちに」

「承知いたしました」

二人は命に唯々諾々と従った。拒むことはできなかったからだ。最初から従うと思いこんでいる高級女中たちである。もし、嫌だなどと言えば、大声で非難してくる。

そうなれば二人が目立ってしまう。三人の使命は、家綱の子を産む女の始末なのだ。刺客が他人目については、目的を果たせなくなる。

わずか数丁（数百メートル）ほどの廊下を渡り終わるのに、二人はかなりの労力と刻を遣った。

「この奥が館……」

瀧がしっかりと閉じられている杉戸を前に呟いた。

「破れそうにありませぬ」

大柄な富江が息を吐いた。

大奥とはいえ、城中なのだ。通路を仕切っている杉戸は大木の一枚板に補強の横木があり、そう簡単に突破できないようになっていた。

「ならば、開けていただくまで」

瀧が表情を引き締めた。

「よろしいか」

「いつでも」

富江が袖《そで》のなかに隠し持っていた懐刀《ふところがたな》を出した。お末は小者身分であり、懐刀を所持することはできなかったからだ。

「参りまするぞ」

もう一度断って、瀧が杉戸を叩いた。

「上臈萩城《はぎしろ》よりの使いでございまする」

瀧が偽りを口にした。

上臈とは、大奥の女中のなかで年寄に次ぐ上位の者である。主に京の公家の娘から選ばれ、大奥での礼法教授を担当していた。

「ただちに」

杉戸の向こうで閂《かんぬき》が外される音がして、ゆっくりと杉戸が引かれた。

「…………」

無言で顔を見合わせた二人が、まだ開ききらない杉戸の隙間《すきま》を拡《ひろ》げるようにして、なかへ入りこんだ。

「……えっ」

瀧が間の抜けた声をあげた。

「もう一枚……」

杉戸の向こうに新たな隔壁があった。

「馬鹿どもが。一枚だと聞かされていたのだろう。あいにくだったな、御台所さまのお館には、非常の際に備えて、日頃は隠されている板戸がもう一枚あるのだ」

なかから杉戸を開いた女中が嘲った。

「罠か」

「こいつめ」

瀧と富江が身構えた。

「開けてやったというのに、なんだその態度は。館林家はしつけができていないようだな」

小柄で楚々《そそ》とした雰囲気を持つ女中が、口の端をつり上げた。

「何奴《なにやつ》」

富江が懐刀の先を向けた。

「御台所さまのお館に刃物を抜いて押し入ってきた連中に、誰何《すいか》されたとは、末代までの笑い話だ」

女中が大きな口を開けて笑った。

「…………」

ゆっくりと横へ回っていた瀧が、無言で斬りかかった。

「ふん。見え見えではないか」

あっさりと女中がかわした。

「そこそこ遣えるようだが、それでは話にならぬ」

女中が首を振った。

「はっ」

首を振れば、目が動く。隙と見た富江が突っこんだ。

「だから、甘いと言った」

目を瀧に向けたまま、女中が手を動かした。

「うぐっ」

喉から棒手裏剣をはやした富江が崩れた。

「二枚の杉戸に囲まれたここは、隅から隅までわたしのものなのだよ」

女中が言った。

「よくもと……」

怒りを口にしかけた瀧が口をつぐんだ。

「この女の名前を言いかけてよくぞ、耐えた」

女中が褒めた。

「とで始まる名前か。戸田か、富田か、戸次か。館林の家中から探し出すのは、さほど難しくない」

「くっ」

瀧が表情をゆがめた。

「だが、探すのは面倒だ。すべて吐いてもらうぞ」

不意に女中が消えた。

「なっ……ぐうう」

あわてて女中の姿を探そうとした瀧が、うめいた。

「寝ていろ。起きたときは、地獄が待っている」

瀧の鳩尾《みぞおち》に女中が拳《こぶし》を埋めていた。

「あ……」

瀧が倒れた。

家綱の側室佐波は、まだ子を産んでいないことから館ではなく局《つぼね》に住んでいた。局とは、一つの屋敷ともいうべき館に比してはるかに小さいが、八室ほどの部屋と専用の浴室、台所もあり、大奥では中臈以上の身分でなければ与えられなかった。

「この角を曲がれば、佐波の方の局のはず」

やはり所用を命じる女中たちに足止めをくらいながら、ようやく和も目的の場所へとたどり着いた。

局は大奥女中たちの生活の場である。御台所の館のように区切られてはいなかった。

「大奥の女は敵同士。皆、上様のお情けを受けて出世することしか考えておらず、交流などない。桂昌院さまのお話どおりよな」

和がほくそえんだ。

「ごめんくださいませ。呉服の間より参りました」

佐波の方の局の入り口、萩《はぎ》が書かれた襖の前で和が膝をついた。

「呉服の間から……しばし待て」

なかから応対の声がした。

取り次ぎの者から声をかけられた佐波が首をかしげた。

「なにも頼んではおりませぬが……」

呉服の間はその名のとおり、仕立て作業を司《つかさど》り、ここ以外では、針仕事が許されていなかった。

これも大奥のみょうな習慣であった。それぞれの局で調理はできる。そう、包丁はかまわないのだ。だが、なぜか針だけは呉服の間以外では禁止されていた。

「まあよろしゅうございましょう。用件を聞かないことにはわかりませぬ」

佐波の方につけられている女中が述べた。

「さようでございますね。通してくださいませ」

言われて佐波の方がうなずいた。

「上様よりの賜《たまわ》りものでございまする」

局の次の間にとおされた和がいきなり告げた。

「……上様より」

「畏れ多いことでございまする」

佐波が驚き、おつきの女中があわてて手を突いた。

「佐波の方さまに打ち掛けを賜るとのこと」

和が述べた。

将軍からの下されものも、たまにあった。愛妾の多かった家光の御世は各愛妾に小袖だ、鏡台だとそれぞれの妍《けん》を競うように与えられていたが、御台所と佐波しかいない家綱には少なかった。あってもほとんどが御台所へ贈られるもので、佐波に向けられたのは久しぶりであった。

「お方さまおめでとうございまする」

頭をあげたおつきの女中が祝いを述べた。

「ありがとうございまする。では、今から呉服の間へ参ればよろしゅうございましょうや」

礼を返した佐波が、ていねいな口調で和へ尋ねた。

「お願いいたしまする」

和が一礼した。

「では、支度ができしだい呉服の間に参りますゆえ、その旨を頭《かしら》どのへお伝えを」

「承りました」

佐波が同意した。

和が一度局を出た。

「同道とは参らなかった」

残念そうに和が呟いた。

「まあよい。この角に潜んでいれば出会い頭で……」

和が懐刀を手にした。

全身を耳にして角の向こうの気配を探っていた和に、襖の開く音が聞こえた。

「お方さま、足下にお気をつけを」

おつきの女中の声がした。

「はい」

佐波の返答も和に届いた。

「……ふすまから角まで、十五歩、十四、十三……」

和が口のなかで足音を数えた。

「……四、三、二……」

角から和が身を躍らせた。

「きゃっ」

先頭を歩いていたお付きの女中が、和に弾き飛ばされて転んだ。

「えっ」

佐波が唖然とした。

「死せよ」

その胸に向かって和が懐刀を突き出した。

「させぬ」

佐波の後ろに控えていた女中が動いた。佐波の襟首《えりくび》に手を掛けて後ろへ引きずり倒した。

「くうう」

喉を絞められる形になった佐波が気を失った。

「じゃまだてを」

空を切った懐刀を引き戻し、和が女中へ厳しい目を向けた。

「あたりまえであろう。大奥の守りは伊賀の任。刺客を認めるわけなどないわ」

女中が鼻先で笑った。

「ならば、おまえを殺したあとに、もう一度……」

懐刀を大きく振りあげようとした和が止まった。

「く、苦しい……」

懐刀を落として、和が首をかきむしった。

「阿呆め、守りが一人なはずはなかろう」

女中が苦悶《くもん》する和へ近づいた。

「う、うえか」

和が目だけで天井を見た。天井板が外され、そこから細い糸が垂れ、和の首のところで輪になっていた。

「こんな……」

糸を切ろうと和が懐刀を振った。

「無駄だ。油に浸した女の髪に砂鉄をまぶして作った糸だ。刃物では切れぬ」

近づいた女中が否定した。

「ぐううう」

抵抗されたことでいらついたのか、一層糸が上へと引っ張られ、和の喉に喰いこんだ。

「起きては面倒だ」

女中がちらと気を失って倒れている佐波へ目をやった。

「血で廊下を汚すわけにもいかぬでな」

小さく手を振って女中が合図した。

「あがっっ」

糸が強く引かれ、和が宙に浮いた。

「急げ。引きあげるまでに死なれれば、糞尿をまき散らすことになる」

女中が天井裏へと指示を出した。

「わかっている」

男の声がし、一気に糸が引かれた。

「……が」

最後のうめきを残して、和が天井裏へと吸いこまれた。

「さてと……」

女中が佐波の隣に腰をおろした。

「お方さま、お方さま」

氷のような声音を和らげて、女中が佐波を揺さぶった。

「……う、ううん」

佐波が気づいた。

「不意にお倒れになられましたが、大事ございませぬか」

心から気遣っているような風で、女中が問うた。

「なにやら、息が詰まったような」

佐波が首を振った。

「お局に戻られて、お休みになられたほうが」

「そうしまする」

同意した佐波が、ふらつきながら局へ帰った。

「なにかありましたら、お呼びくださいませ」

夜具を用意して女中が下がった。

「……………」

横になった佐波が、身体を震わせた。

「怖い。なにがあったのでしょう」

夜具に潜りこんで佐波が顔を隠した。

「……不意打ちにあやうく反応するところであった。しかし、伊賀者がこれほど近くにいたとは……これからより以上に注意せねばならぬな」

夜具のなかで佐波が独りごちた。

四

黒鍬者一番組小頭一郎兵衛はようやく頭に出世した。

前の頭を肚のない者として糾弾し、ひそかに始末して幕府へ頭の交代を願い出ていたが、なかなか認可がおりなかった。

「恩を忘れるな」

一郎兵衛を牧野成貞が呼び出した。

「右筆どもに金を握らせたのは、儂だ。あのままではいつになったか」

「かたじけのうございまする」

一郎兵衛が頭を下げた。

黒鍬者頭となれば、本禄以外に役料として百俵が加えられた。他にも城中台所前廊下外に席を与えられた。

「で、下見くらいはしたのだろうな」

「小納戸の屋敷でございますか」

一郎兵衛が問うた。

「言わずともわかろうが」

牧野成貞がいらついた。

「大奥へ入りこんだ女中からの報告もまだない。そなたたちに指示してから動いた様子がない。まったく、なにをしている」

「申しわけなくは存じまするが、調べをすませませぬと」

大奥で七郎を失った経験が、一郎兵衛を慎重にしていた。

「罠でもあると」

「はい。なにせ、向こうは桜田御用屋敷用人に襲われた直後でございまする。用心しておりましょう。それこそ、腕の立つ者をひそかに雇い入れているやも知れませぬ」

一郎兵衛が言いわけをした。

「そのていど、数で押し切れよう」

「数は出せませぬ」

牧野成貞の要求に一郎兵衛が首を左右に振った。

「なぜだ」

「狭い屋敷に数を出しても効力が見こめないこと。そして、当番に出す者のやりくりができなくなりまする」

一郎兵衛が言った。

黒鍬者の主たる任務は江戸城下の路の保全であった。城下の路を見回り、その傷んだ箇所を補修する。そこからみょうな役目が派生した。

手入れを任されているならば江戸の通行にも慣れているはず。ならば、大名行列の差配をさせればよいのではないか。

いつどの執政が思いついたのかは知らないが、黒鍬者に大名行列の整理が命じられた。

江戸には全国の大名が集まっている。参勤交代で当主の半数は国元にいるとしても、少なくとも百五十以上の大名が江戸にいた。

大名たちは役目に就いているか、無役かにかかわりなく、決められた日に登城しなければならなかった。

百五十からの大名が、いっせいに江戸城へ向けて行列を仕立てるのだ。その混雑はすさまじい。

ただ混《こ》むだけならばまだよかった。早い者順で行列を通せばすむ。それこそ指示する役人などいらない。が、そう甘いものではなかった。

大名には格というのがあった。その代表的なものは、石高である。一万石の大名よりも五万石の大名が上になる。それだけですめばまだいい。これに家柄が加わってくるからややこしくなる。

一万石でも先祖が足利将軍家につながる名門となれば、五十万石の黒田家よりも格は高い。譜代と外様《とざま》の区別もくわわる。さらに、当主の正室の実家の格差も加味されるのだ。ややこしいことこのうえない。

それを幕府は黒鍬者に預けた。

本来ならば、大名たちに睨《にら》みのきく大目付か目付の仕事だが、多忙な役人を城下の道整理に出張《でば》らせるのは難しい。また、役人には異動がある。必死で行列の優先すべき事情を覚えても、違う役目に移ってしまえば意味がなくなる。どころか、後任者がそれを覚えるまで、混雑をまねく。

そこで執政は永遠に出世も異動もない黒鍬者に白羽の矢を立てた。

身分軽き黒鍬者の指示だが、大名たちは従わざるをえなかった。黒鍬者は小者に過ぎないが、その任は幕府の指示であり、その上司は目付なのだ。指示を無視したとき、出てくるのは幕府の叱責《しっせき》を携えた目付。

このお陰で、朝の江戸城付近の静謐《せいひつ》が保たれている。

「辻の数は多うございまする。黒鍬者のほとんどをかり出さねば足りません」

「一日くらいどうにかできぬのか。二番組に代わってもらうとか、三番組から人を借りるとか」

一郎兵衛の話に、牧野成貞が喰いさがった。

「二番組は我らと同じ譜代ではございまするが、今回のことにかかわりが薄うございまする。その二番組に裏を教えてよろしゅうございますので」

「うっ」

「まして三番組は、抱えられて間もない新参者だけで作られたもの。信用などできませぬ」

黒鍬者は三つの組に分かれていた。一番組と二番組は、古くは三河以来新しくは武田家滅亡ののち、徳川に仕えた譜代扱いの黒鍬者からなり、三番組は江戸の拡張に伴った人手不足を解消するため新しく抱えられた者で、新参者の集まりだった。

「密事は知る者が少ないほど漏れませぬ」

「言われずともわかっておるわ」

牧野成貞が不満げな顔をした。

「だが、小納戸が傷を負っている好機を逃すわけにはいかぬ」

「わかっております る」

一郎兵衛も同意した。

「数日だけ、ご猶予をお願いいたしまする」

「わかった。できるだけ急げよ」

牧野成貞が了承した。

「失礼を申しあげさせていただけましょうや」

意見を口にする許可を一郎兵衛が求めた。

「なんじゃ」

「小納戸を葬り去った後、いかがなさいまする。小納戸を殺す意味はございまするのか」

一郎兵衛が疑問を呈した。

「どうした。命が惜しくなったか。やはり黒鍬は武士ではないな。武士ならば、主君の命に疑問など抱《いだ》かぬ。死ねといわれたなら、是非を考えることなく命を捨てられる。それこそ忠義」

牧野成貞が嘆息した。

「命惜しみなどではございませぬ。ですが、意味のないことで皆の命を無駄にしたくはございませぬ。殿を、館林宰相さまを将軍にするかどうかという肝心なときに、私怨などで無用な死に様をいたしたくございませぬ」

堂々と一郎兵衛が言った。

「舐《な》めるなよ。黒鍬風情《ふぜい》が。儂は家光さまより、とくに選ばれて綱吉さまの傅育を命じられたものぞ。私怨など綱吉さまのためならば、捨てられるわ。たとえ吾が子を犠牲にしても、綱吉さまを将軍にするのが、儂の任」

牧野成貞がほえた。

「たしかに小納戸ごときを相手にするのは、私怨に見えよう。だが、それも綱吉さまのためだ」

「伺いたく」

一郎兵衛が詳細を求めた。

「聞けば、もう逃げられぬぞ」

「……黒鍬者は逃げても、わたくしはお供いたしまする」

決断を牧野成貞が促し、一郎兵衛が首肯した。

「よかろう。その覚悟、儂が買ってやる。小納戸を仕留めたあかつきには、そなたを館林藩士にとりたててやる。館林藩士になれば、綱吉さまの将軍就任とともに旗本だぞ」

「まことでございましょうな」

「武士に二言はない」

確認する一郎兵衛に牧野成貞が大きく首を縦に振った。

「他言は無用。言わずともわかっておろうがな」

前置きのように念を押して、牧野成貞が表情を変えた。

「小納戸深室賢治郎は、上様のお花畑番にいたゆえ、絶大の信頼を置かれている。そして、上様にはあと五人お花畑番がいた」

「それは存じておりまするが……」

「儂は残り五人のうち一人をよく知っておる」

にやりと牧野成貞が笑った。

「……では」

一郎兵衛が理解した。

「そうだ。深室の代わりを儂は用意した。今、書院番組頭をしている保田善晴《やすだよしはる》と話はすんでいる。そして、保田を小姓組へ動かす手はずもな」

牧野成貞が述べた。

将軍の身辺警固を担う書院番と小姓番は両番と並び称されている。とはいえ、書院番が将軍の外出の供と江戸城諸門の警衛を任とするのに対し、御座の間に詰め将軍とずっと触れあっている小姓番では、そののちの出世に大きな差が出る。書院番に属する者の多くが小姓組への転籍を望むのも当然であった。

「あらたな寵臣を用意すると」

「そうだ。我らと心を一つにし、綱吉さま将軍就任を願う者が、寵臣として上様の耳目を握る。どういう意味かわかるだろう。綱吉さまにつごうのよい話をしたあと甲府の悪口を上様に伝える。毎日繰り返していれば、自然と上様は甲府を嫌われ、綱吉さまに近しさを覚えらえる。そうなれば、次の将軍は綱吉さまにとなろう」

「裏切られはいたしませぬか」

懸念を一郎兵衛が表した。

「だいじない。そやつはな、お花畑番だった己が書院番から出世できぬのかと不満を持っておる。他のお花畑番が、目付だ、駿府《すんぷ》町奉行だと腕を振るえる役目に就いているのが、気に入らぬのだ。儂はそやつに出世の方法を教えた。それもご当代さまだけでなく、五代将軍さまの御世にまで通じる方法をな」

牧野成貞が告げた。

「わかりましてございまする。お話しいただけたことを感謝いたしまする」

「肚は決まったか」

「はい。数日中にかならず」

しっかりとうなずいて、一郎兵衛が牧野成貞を見つめた。

大奥へ入りこんだ女中のことは、即日阿部豊後守のもとへ届けられた。

「やはり館林か。予想どおり過ぎて力が抜けるわ」

阿部豊後守があきれた。

「三人のうち二人はその場で処理いたしました。残した一人を伊賀問いにかけて調べた名前が、こちらでございまする」

報告に来た伊賀者が書付を差し出した。

「……親元から命じた者の名前まで。さすがは伊賀だな」

「お褒めにあずかり恐縮でございまする」

感情のこもらない声で、伊賀者が応じた。

「こやつらの一門は、旗本におろう」

阿部豊後守が、記されている名前を見ながら言った。甲府藩、館林藩の家臣、そのほとんどはもと旗本であった。綱重、綱吉につけられたのち、分家に伴って、旗本から藩士へと変わっただけで、親戚はそのほとんどが旗本であった。

「そちらから脅しをかけるとしよう。こちらへ寝返るようにとな。娘が大奥で刃物を振るい、御台所さまのお命を狙ったのだ。一門まで影響は及ぶ。かかわりのある一門は、必死で説得することになる」

「では生かしておきましょうや、証人として」

捕まえている女中一人の処遇を伊賀者が問うた。

「いや、かえって面倒だ。始末せよ」

冷酷に阿部豊後守が処断を命じた。

「はっ」

顔色を変えることなく伊賀者が承知した。

「で、佐波の方はどうであった」

「不審なようすはなかったと」

訊かれた伊賀者が答えた。

「さようか。ならばよい」

「お気になることでも」

　伊賀者が尋ねた。

「上様のお手がつきながら、長くお渡りなくともまったく気にしていなかったというのがな。側室の目的は、上様の寵愛を受け、和子を孕み、栄達することだ。順性院、桂昌院を見ればわかろう。家光さまの寵姫として栄華を誇った過去を忘れられず、今度は将軍生母として権を振るおうと画策している。佐波にはその雰囲気がない」

「無欲なのではございませぬか」

「女で無欲な者などおるか。まして人に優れた容姿の女ぞ。子供のころからちやほやされて育った女が、放置されて満足するはずなどない」

　強く阿部豊後守が否定した。

「百歩譲って佐波が欲のない女だとしてもだ、実家《さと》がなにも申してこないのが気に入らぬ。娘に将軍のお手がついた。これは実家にとって大出世の糸口。当然、娘にいろいろと願いを申してくる。それがまったくない。不自然だと思わぬか」

「言われてみれば……」

　伊賀者も難しい顔をした。

「一応、その場にいた女忍から聞きましたところによりますと、刺客の刃に何一つできず、女忍が引きずり倒さねば、少なくとも負傷はしていただろうと。また、騒ぎの後、夜具にくるまって震えていたとの報告も別の者より届いております」

「懸念だったか」

「今少し目をつけておきまする」

「そうしてくれ」

阿部豊後守が頼んだ。

「豊後守さま、あと一つ」

「なんだ」

阿部豊後守が促した。

「奏者番堀田備中守さまよりの贈り物が、年寄、上臈、表使いらに」

伊賀者は大奥へ出入りする物品をあらためるのも仕事であった。

「そうか。あやつも愚か者の一人だったか。加賀守《かがのかみ》とはずいぶん違うな」

加賀守とは家光に殉死した老中堀田加賀守正盛《まさもり》のことだ。堀田備中守正俊《まさとし》は、加賀守正盛の三男である。跡目を継いだ長兄正信《まさのぶ》が罪を犯して改易され、次兄は脇坂《わきざか》家へ養子に入ったため、堀田加賀守子孫の本流となっていた。

「長く奏者番で置かれていることが気に入らぬか」

奏者番は譜代大名の出世の一里塚である。大名や旗本の出自や由来を覚え、将軍のお目通りを仕切らなければならぬだけに優秀でなければ務まらず、その多くは短い期間で寺社奉行、若年寄へと転じていく。

「己に才があれば、いずれ頭角を現すだろうに」

ともに家光の寵臣であった加賀守正盛の息子の態度に、阿部豊後守は力無くため息をついた。

「ご苦労であった。今後も油断なきようにいたせ。あと、これをくれる」

阿部豊後守がねぎらいの言葉に切り餅《きもち》を一つ添えた。

「ありがたく」

懐に切り餅を入れて、伊賀者が消えた。

「奥方さまへご迷惑をおかけしたが、そろそろよかろうな。主な連中はあぶり出せた」

阿部豊後守が独りごちた。

「問題は……賢治郎。さっさと覚悟せい。そなたが肚をくれれば、儂も心残りなく、家光さまのもとへ行ける」

苦い顔で阿部豊後守が口にした。

「傷も少しは落ち着いたであろう。一度賢治郎を呼び出すか。誰かある」

阿部豊後守が家臣を呼ぶために手を叩いた。

賢治郎と三弥の仲は修復できていなかった。あれ以降、三弥は賢治郎の世話をいっさいしなくなっただけでなく、顔を見せさえしなくなった。

「わからぬ」

急変した三弥の態度に、賢治郎は戸惑うしかなかった。話をしたくとも、婿養子では、三弥の部屋へ押しかけることはできなかった。

「若」

三弥に代わって、怪我人である賢治郎の身の回りの世話をしている家士が部屋に来た。

「阿部豊後守さまより、お手紙でございまする」

「お使者は」

「ご返事は不要とお帰りになられました」

問うた賢治郎に家士が答えた。

「返事が不要……逆らうなというわけか」

手紙を受け取って、賢治郎は苦く頰をゆがめた。

「……明日か」

手紙には翌日の夕七つ（午後四時ごろ）に阿部豊後守の上屋敷まで来いと書かれてあった。

「…………」

賢治郎は難しい顔をした。今、賢治郎は病気療養中である。療養中に出歩くのはあまりよい話ではなかった。もちろん、医者にかようための外出は問題ないが、それ以外は褒められた行動ではない。他人目の多い、阿部豊後守の上屋敷へ、それも陽《ひ》のあるうちに出向く。これほど目立つまねを家綱の腹心と言われ、敵の多い賢治郎がすべきではなかった。

「返事を受け取らずに使者が帰った以上、断りはできぬ」

手紙をたたんで賢治郎は目を閉じた。

「しびれをきらした……いや、吾への我慢が限界に達したということか。それとも……」

賢治郎が口ごもった。

「上様の身の上に……そんなことはない」

己の言葉に、賢治郎は首を振った。

「ここで独り考えていてもわからぬ。なら行くしかない」

賢治郎は決意をした。

その夜、深室の屋敷を一郎兵衛率いる黒鍬者が取り囲んだ。

「そろそろ眠ったであろう」

一郎兵衛が合図をした。

「今夜こそ、小納戸を始末するぞ」

「まちがいないのだろうな」

配下の黒鍬者が声を出した。

「ああ。これを終えれば、吾は館林の藩士になる。となれば一番組の頭が空く。吾の跡はこの五人のなかから選ぶ。もちろん、小納戸を殺した者が第一の候補だぞ」

一郎兵衛が応えた。

「百俵の役料はでかいな」

配下が頰をゆるませた。

一俵は幕府の取り決めで三斗五升と決められている。百俵は三十五石、金にして三十五両となる。本禄十二俵一人扶持の黒鍬者にとって目もくらむような大金であった。

「行くぞ」

「おう」

一郎兵衛の合図で、黒鍬者が屋敷の壁へ手をかけた。

この作品は徳間文庫のために書下されました。

徳間文庫

お髷番承り候八

騒擾《そうじょう》の発《はつ》

2014年4月15日 初刷
2023年2月20日 4刷

著者 上田秀人《うえだひでと》
発行者 小宮英行
発行所 株式会社徳間書店
東京都品川区上大崎三-一-一 〒141-8202
目黒セントラルスクエア
電話 編集〇三(五四〇三)四三四九
販売〇四九(二九三)五五二一
振替 〇〇一四〇-〇-四四三九二
印刷
製本 大日本印刷株式会社

ISBN978-4-19-893816-1 (乱丁、落丁本はお取りかえいたします)